Christoph Janacs

Höllen und Wunder

unwirsche Texte

EDITION
TANDEM

Höllen, immer kältre Höllen
André Heller, Angstlied

Es scheint, die Zeit heilt alle Wunder
André Heller, Wie komm ich durch die Nacht

Nous restons gens d'inclémence
René Char, Contrevenir

I

heimatlos

ich habe meine Heimat im Verdacht, daß es sie nie gegeben hat. schon als Kind fragte ich mich beim Absingen der Landeshymne: gehören die Schlote der Schwerindustrie meiner Heimat- oder besser: Geburtsstadt auch dazu, auch wenn sie nirgendwo erwähnt werden? und was ist mit dem Smog und seinen Ausdünstungen, der uns jeden Herbst heimsuchte und das Atmen verwandelte in Hustenkrämpfe? überhaupt die Krämpfe: bei jedem der zahlreichen Aufmärsche, die an unserer Wohnung vorbeizogen – die einen mit dem Genagelten voran, die andern mit roten Fahnen und nett gestickten Handwerkzeugen darauf und alle im Zugleichschritt –, befiel mich ein Lachkrampf, der erst sein Ende fand durch Vaters züchtende Hand. Respekt sollte ich zollen, den einen wie den andern und vor allem der Heimat, von der ich nicht wußte, wo sie begann und wo sie endete und ob es sie überhaupt gab

ich bin mir sicher: es gibt sie auch heute nicht. Lederhosen und Prangerschützen sollen zwar Ausdruck einer gewissen Heimatverbundenheit sein und damit zumindest indirekt die Existenz einer Heimat bezeugen, aber bei ihrem Anblick befällt mich immer ein Brechreiz, der kaum ein Ende findet, zumal Vaters Hand fehlt. ähnlich ergeht es mir vor Kriegerdenkmälern; aber das führte mich zum Vaterland und damit zu weit. außerdem glaube ich, daß es, wenn überhaupt, nicht eine Heimat gibt, sondern viele, vielleicht sogar so viele wie es Menschen gibt. von denen sich dann einige einfachheitshalber auf eine einigen, damit die andern nicht dazugehören können. wo käme man denn hin, wenn jede und jeder aus- und eingehen und die Segnungen der mühsam gepflegten Heimat, die gar nicht die ihre und seine ist, genießen könnte! Heimat muß verdient werden, egal ob es sie gibt oder nicht so gesehen hatte ich nie eine. ich habe mich nie um sie bemüht und mich mit nichts verdient gemacht um sie. im Gegenteil: stimmte man ihr Loblied an, blieb ich ostentativ sitzen. das nahm man mir übel, was so übel gar nicht ist. mit ihren Vertretern habe ich nichts am Hut, auf dem mir auch nie ein Gamsbart wachsen wird. was hingegen wächst, ist der Unmut: immer mehr Orte, die ich liebe, werden von ihr oder besser: ihren Repräsentanten besetzt; wo ich auch hinkomme, ist man schon da und bläst mir Musik um die Ohren, für die es sich lohnte, taub zu werden. sprachlos bin ich schon fast, denn Heimat ist mir selbst die eigene Sprache nicht mehr. Muttersprache, Mutterlaut, wie so wonnesam, so traut. das galt in meiner Kindheit schon nicht und jetzt erst recht nicht. seit man mir Wort um Wort mißbraucht und damit wegnimmt, wird mir meine eigene Sprache immer fremder

en route

kein neues Zuhause, schon gar nicht eine neue Heimat, eher bloß ein Dach über dem Kopf und etwas, das den Hunger nicht stillen kann. nur das Rumoren im Magen läßt sich besänftigen, nicht aber der Sturm im Kopf

eine Herberge für ein paar dürftige Tage oder Wochen. Zeit hat nicht mehr die Kraft, uns zuzusetzen. wir sind geduldig geworden, haben zu viel gesehen. wir sind vorübergehend, und wenn wir bleiben, sind wir reed beneath the wind

wir flanieren nicht noch vertreiben wir uns die Zeit. wir suchen einen Ersatz für das Obdach, das man uns genommen hat. aber die Zeit kehrt nicht zurück und auch nicht, was manche Wörter gemeint haben könnten

eine neue Sprache wächst uns heran, eine ärmere und gleichzeitig eine mit vielen neuen Vokabeln, die sich nicht füllen lassen. und fremd bleiben wie wir uns. fremd sind wir eingezogen, fremd ziehn wir wieder aus

Leinenzwang

an der kurzen Leine. zwei, drei Schritte vor, höchstens, ein, zwei Schritte zurück, meistens, nur daß du es weißt: damit dir nichts passiert, deshalb auch die Scheuklappen, beugen der Angst vor, und Angst hat doch jeder, Angst vor dem Fremden, Angst vor der Freiheit, ja, auch das: Angst vor einem selbst, die schlimmste, weil man nie weiß, was in einem schlummert, das muß gebändigt werden, noch bevor es ausbricht, deshalb die Leine, deshalb die Klappen, deshalb dein Vater mit der erhobenen Hand

an der kurzen Leine. Mutter braucht keine Hände, Mutter genügt der Blick. und dir. Flecken auf der Pyjamahose. das mag der Liebe Gott nicht. ist dein Herz auch noch rein genug für den Leib Christi? und halte die Hände schön gefaltet, das erfreut Ihn. die vielen Arten zu schauen, die vielen Arten, die Stimme zu senken. geh nur, geh, du wirst schon sehn, wohin du kommst. soweit kommt es, daß Mutter im Türrahmen steht und euch im Bett anstarrt, vorwurfvoll und verletzt. non sit Dominus vobiscum

an der kurzen Leine. Vaterstaat und Muttersprache. da gibts nichts zu lachen, da gibts kein Entkommen, nur ein Röcheln nach Luft. unterm Sauerstoffzelt kann die Freiheit noch grenzenlos sein. bis die eigene Atmung wieder beginnt. damit es jeder kapiert, noch einmal von vorn: Leine, Klappen, Blicke, Gesetze. die Polizei dein Freund und Helfer, nicht nur in der Not. Ausgang ungewiß, nein: bis zehn, aber dann ist Schluß. mit lustig sowieso, mit allem anderen auch. Recht geschieht. uns. nicht?

zeitlos

mutig in die neuen Zeiten schritten sie im Gleichschritt und sahen schon bald ziemlich alt aus. seh ich recht? sie schreiten noch immer in alter Burschenheerlichkeit, daß einem Hören und Nachsehen vergeht. zum guten Ton gehören Taktlosigkeit und Bügelfalten im Gesicht. darauf laßt uns einen heben! nüchtern betrachtet schaut die Welt ziemlich ernüchternd aus. das lassen wir uns nicht gefallen. sind immer nur die andern; deren Namen finden sich auf einem Denkmal. was wir noch nie beherzigt haben. oder sein, das ist nicht die Frage. nur sein oder nicht sein, gelt? das war ein Schuß. gilt er dir oder gilt er mir? da liegt der Hund begraben, als wärs ein Stück von mir. das Drama stammt nicht von uns, nur mitgespielt haben wir. der Ausgang? offen. zur Not und zum Glück. gehabt, wie es sich gehört. die Gedanken sind frei: nochn Bier!

ein Heldendenkmal

diese Kränze! und diese Schleifen! nicht daß ich etwas gegen Kränze und Schleifen hätte, aber viel gegen das, was auf ihnen zu lesen steht. nichts als Lügen oder zumindest beschönigende Ausreden und Floskeln. für Führer, Volk und Vaterland. gefallen auf dem Feld der Ehre. daß immer wieder Gott ins Spiel gebracht wird, empört mich am meisten. dabei wäre echte Trauer angesagt, nicht Verehrung. aber sie kennen nur Verehrung und hohle Phrasen. mehr steht ihnen nicht zur Verfügung; zumindest lassen sie nichts anderes zu. das schmerzt

am meisten aber schmerzt mich, daß sie sich nur an gewissen Tagen erinnern. dazwischen vergessen sie mich und alles andere, das es zu sagen gäbe. da lobe ich mir die Tauben: täglich kommen sie und nehmen Platz auf mir, turteln miteinander und lassen ihre unverkennbaren Stimmen hören. tröstlich ist ihre Treue, tröstlich sind ihre Besuche, frei von falschen Gefühlen und Hinterlist, tröstlich, daß sie sich auf mir erleichtern und die Namen und falschen Wörter mit ihrem Unrat unleserlich machen. sehr zum Unwillen der städtischen Reinigungsleute, die mit all ihren Mitteln keine Chance haben gegen die Schärfe des Kots. mich aber erfreut ihr Geflatter und Gegurre und daß sie hin und wieder fallen lassen, was aufgehoben bleibt

mittlerweile verstehe ich, warum es mich gibt: es gilt, das Gedächtnis in eine Art Amnesie überzuführen, dem Erinnerten oder Zuerinnernden einen Rahmen zu geben, Orte und Zeiten, an denen das Falsche wahr und das Wahre im Dunst von Rede und Gesang zur Lüge werden darf. hiefür braucht man mich und braucht man Kränze und Schleifen. es gibt so vieles, das es zu bereuen gäbe, aber das Wesentliche enthält man sich vor

Nägel

mir sind die Nägel ausgegangen. ich will es nicht laut sagen (das könnte mich den Kopf kosten), aber sie sind mir ausgegangen. das läßt sich nicht leugnen: in meinem Werkzeugkasten liegen nur noch ein paar alte Hämmer; Nägel finden sich keine. dabei habe ich so viele gehabt in allen Größen und Stärken, solche, mit denen man dicke Bretter befestigen kann, und welche, die, dünn zugespitzt, durch Fleisch und selbst durch Knochen fahren können. aber sie sind mir ausgegangen, und nachliefern wird man mir so bald nicht können. die Nachfrage ist zu groß

dabei bin ich Meister darin, Nägel mit Köpfen zu machen. wie man so schön sagt. schön oder weniger schön, es trifft zu, daß das, was ich befestige, auch hält und zwar für die Ewigkeit. bei mir hat sich noch kein Holz gelöst und die Darunterstehenden erschlagen, bei mir bleibt hängen, was zu hängen hat, und wird erst entfernt, wenn die Zeit gekommen ist. da aber sind Zeit und Ewigkeit schon zusammengefallen, eins geworden und damit bedeutungslos. zumindest für die Abzunehmenden

damit ist jetzt vorläufig Schluß. wo keine Nägel, da kann nichts befestigt werden, nicht einmal für kurze Zeit und bei geringem Gewicht. dabei verwendete ich die längste Zeit schon, als ein Engpaß drohte, alte krumme und wieder gerade geschlagene Nägel. selbst auf verrostete griff ich zurück – ein Sakrileg für einen Ästheten wie mich. aber die Schmiede können nicht liefern: wo kein Eisen, da keine Nägel. dafür springen jetzt die Seiler ein. eine Notlösung, denn Seile helfen nicht bei allem und verlängern über Gebühr die Abschiede. es sei denn, man definiert den Galgen neu

Homunculus

mangels exakten Wissens über die Anatomie der menschlichen Spezies waren wir lange Zeit auf die Schlachtfelder und deren Leichenberge angewiesen. das Problem dabei: die menschlichen Kadaver waren meist derart entstellt – dem einen fehlten Gliedmaßen, dem andern der Schädel, wieder andre hatten ihr Inneres entleert und waren ausgehöhlt wie verlassene Kokons –, sodaß wir die Teile zusammensetzen mußten und dies nicht selten fehlerhaft taten, was zur Folge hatte, daß sich unsere Kenntnis zwar vergrößerte, aber nicht unbedingt verbesserte. kein Wunder, daß, als wir daran gingen, Geschöpfe nach unserem Bild zu erschaffen, diese uns nur ähnlich und oft nicht einmal dies wurden. worin sie uns aber immer glichen und das mehr und mehr, war ihr Hang, sich alles untertan zu machen und, wenn es sein mußte, zu zerstören. als wir das bemerkten, war es allerdings schon zu spät

A.E.I.O.U.

Jenkins hat sich über den Mangel an Vokalen beschwert, schrieb eine Freundin im Geiste vor langer Zeit. das habe ich nicht verstanden, bis heute nicht. mir sind schon die fünf Finger einer Hand genug, mehr als genug. ich zähle lieber bis drei, was darüber hinausgeht, wird mir schnell zu viel. zu viel sind aber auch schon drei: ständig flattert die Taube vorbei, verziert seit neuestem die falschen Fahnen (eigentlich sind alle falsch), und keine Wegkreuzung im Alpenland, wo sie nicht den Genagelten aufgestellt haben, aus Gründen, die ich einstmals irgendwie verstand. jetzt aber nicht mehr. nicht irgendwie nicht, sondern ganz und gar nicht. und der Eine? könnte mir gestohlen bleiben, wenn es ihn gäbe. damit bin ich bei null angelangt und damit beim Schweigen. dr vrstht mn mch nr mt Knsnntn?

eben. also doch fünf. Kontinente zum Beispiel. haben das Schwimmen nie richtig gelernt, kollidieren des Öfteren miteinander, ziehen sich zurück und stoßen andernorts wieder zusammen. Globalisierung heißt das heute, wohl wissend, daß die Erde eine Scheibe ist. auf die wird scharf geschossen, obwohl sie schon ganz durchlöchert ist. ein Schelm, der dabei an Käse denkt. was das mit Jenkins zu tun hat? sehr viel: heute ist er ein erweiterbares, webbasiertes Software-System. das würde meiner Freundin nicht gefallen. sie schrieb lieber auf Bierdeckel, Servietten und abgelaufene Kulturprogrammzettel. so bekommt alles seine zwei Seiten, wie der Mond, der uns immer seine Fratze zuwendet. die Kehrseite müssen wir uns ausmalen

alle einsamen Irre ordnen unentwegt. was? na, die Welt. Ordnung ist das halbe Leben, sagte man uns, die andere Hälfte blieb uns verborgen. da hat sich jetzt ein Konsonant hineingeschwindelt, mindestens so hinterlistig wie die viel zu vielen Vokale. allen Ernstes imitiert Odradek uns. das hätte ich nicht sagen sollen, ich weiß. Jenkins war schon schwierig genug, jetzt also noch der Zwirnsstern, ähnlich rätselhaft wie die Taube, nur weniger leicht zu mißbrauchen, weil unverständlich. vielleicht sollte man die Welt bevölkern mit Dingen, die rätselhaft bleiben und sich nicht scheuen, bedeutungslose Namen zu tragen. der Welt wäre gedient und wir müßten Texte verfassen, die keiner versteht, nicht einmal wir. also doch fünf Vokale. aber bitte nicht mehr

in Zeiten wie diesen

mühsam. Schritt für Schritt. oder sollte es heißen: Schnitt für Schnitt? aber ein Muster ist nicht zu erkennen. theoretisch vielleicht. sehr unpraktisch. veranlagt wie ich bin. war das jetzt eine Frage? des guten Geschmacks jedenfalls nicht. obwohl der hierzulande eine große Rolle spielt. wer der Stückeschreiber ist? alle oder fast alle. jedenfalls jene, die ihn nicht besitzen. geben das Maß vor und zurück will keiner. im Schritt kneift es. bei jedem Schritt. oder auf Schritt und Tritt. wer ihn wem versetzt hat, liegt auf der Hand, die sich schnell ballt und noch schneller schließt. zum Beispiel um die Kehle dessen, der nach Luft und mit dem Tod ringt. da erklingt der Gong: eine Runde weiter

so kommen wir nicht weiter und noch weniger auf den Punkt. aber vielleicht kommt es darauf gar nicht an. und für sich ist jeder allein. unter Haltung versteh ich etwas anderes. darauf kommen wir später zurück. im Moment ist es mir zu mühsam. Erich hat es vorgemacht. mit Erfolg? wenn ein Ehrengrab als solcher gewertet werden kann, dann ja. mehr lag ihm aber am Lampenputzen, einem Beruf, den es nicht mehr gibt. hier stocken wir. wieder geht nichts weiter oder nur bis zur nächsten Laterne. steht dort nicht Lili M.? nicht schon wieder! oder war sie gar nie weg? staubte in Plattenhüllen vor sich hin. ein Longseller, der darauf wartet, wiederentdeckt zu werden. und schon ist Lale wieder da

und schon fallen Mauern. der Abriß geschieht diesmal aus der Luft und aus der Ferne. was nahe liegt. die Hände schmutzig machen sollen sich andere und vors Gericht treten ebenso. bis das tagt, ist alles vorbei und niemand ists gewesen, weil niemand mehr da ist. Opfer sowieso nicht und Zeugen ebenso nicht. ein unreiner Reim, aber er tut seine Wirkung. siehst du, jetzt sind wir einen Schritt weiter. wovon hab ich vergessen. Mnemosyne hat Urlaub und das schlechte Gewissen hab ich mir abgewöhnt. was das mit Lampenputzen und gutem Geschmack zu tun hat, ist mir auch entfallen. also bin ich weitergekommen als gedacht. wenn ich das auch noch aufgebe, wird alles gut. kurz und gut, mühelos

begriffsstutzig S

ich kann nicht behaupten, daß ich es gerne bin, aber ich bin es oft und immer öfter. wenn jemand sagt: ich sage Ihnen ganz ehrlich…, zucke ich schon zusammen und zurück und werde stutzig. muß man seine Ehrlichkeit extra betonen? ebenso bei Liedern wie Heimat, deine Sterne. leuchten selbige nicht über mehreren, gar vielen Heimaten? aber Heimat kennt ja keinen Plural trotz ihrer Vielzahl, und wer sie vermehrt, gilt als Verräter, zumindest aber als verdächtig

Verdacht schöpfe ich wie andere aus Brunnen Wasser. hier stehe ich, ich kann nicht anders. ein geflügeltes Wort, das mich stutzig macht. es stellt Zusammenhänge her, wo es keine geben sollte. hier Worms, dort Tenochtitlán. hier der Versuch, das Gegenüber zu vernichten, dort die erfolgreiche Vernichtung einer Kultur. und das alles im selben Jahr! ich sehe schon: ich lese zu viele Geschichts- statt Geschichtenbücher. überdies heißt es, Poesie beruhige das Gemüt

gemütlich ist leider wenig und die Welt herzlos. dennoch gelang es mir, clean zu werden ohne einen einzigen Rückfall. hier stock ich schon. am Anfang war nicht das Wort, weil es keinen Anfang gab. und es gibt auch niemanden, der es gut finden konnte. außer ein paar Kiffern, die sich die Welt schönreden müssen. sprich schön nach der Schrift, sagte Mutter öfter zu mir. aber die Schrift ist nicht heilig und wahr und ich stutzig, weil ich zu viel und zu wenig begreife

Parole

aus der Fassung geraten. ob Infinitiv oder Partizip II oder subjektloser Indikativ ist noch nicht geklärt. bis dahin bewahren. pro forma. das Gesicht. mehr als das. die Figur, die ganze Statur. mehr als das. die Haltung. die definitiv nicht. wer Haltung bewahrt, hat sein Gesicht verloren. und seine Seele verkauft. selbst wenn es keine gibt. an den Teufel. selbst wenn es keinen gibt. verraten und verloren. ein Punkt, den es zu erreichen gilt

kopflos. aber nicht in der Schläfrigen Schlucht und ohne Pferd. das könnte euch so passen. kopflos. um das Haupt nicht neigen zu müssen. vor nichts und niemandem. auch vor diesem nicht: hat seine Freunde ans Wasser verraten und seine Frau an die Einsamkeit. andererseits: nur ein Kopfloser kann gläubig sein und glauben, die Welt retten zu können. diese Begriffsverwirrung! gefährlich. wer seine Fassung verliert, ist schnell auch seinen Kopf los

wie weiter, sofern es weitergeht? step by step. ein Tanz, der viel Rhythmusgefühl erfordert. taktlos. und waghalsig. es heißt: wer wagt, gewinnt. fragt sich nur was. die Freiheit sollte es sein, ist es aber meistens nicht. step by step. ob wir so vorankommen und weiter? in diesen geschlossenen Räumen, ohne Steine zum Werfen. wie nur aus diesem Schlamassel sich befreien? was öffnet den Ausgang? wie lautet das Paßwort? nein, so heißt es

κατά βάση

wie gesagt, meine Wissenschaft ist nicht anwendbar, sie verweigert sich Statik, Statistik und textimmanenter oder historisch-kritischer Interpretation. sie deutet, ohne zu deuten, und wenn, dann so unauffällig, daß es niemand merkt. keiner habe ich mir verkniffen; das schlösse die Hälfte der Menschheit aus, und das kann und will ich nicht verantworten. denn Wissenschaft, nicht wahr?, sollte für alle gelten. es gilt, die Zeichen der Zeit zu erkennen. wenn ich nur wüßte, was Zeit ist. im Frühjahr das Entrollen des Farns? der Weg, den eine Schnecke bis zu Sättigung zurücklegt? die Bewegung der Daumen von Taste zu Taste? man sieht schon, es ist noch nicht einmal geklärt, in welcher Disziplin meine Wissenschaft tätig ist. anwendbar, wie gesagt, ist sie nicht

in Gesprächen und Diskussionen läßt sie sich aber gut einbringen. da sie nicht anwendbar ist, löst sie regelmäßig Erstaunen und ehrfürchtiges Schweigen aus. das nütze ich, um mich zu besinnen und den Faden zu verlieren. meine Gedanken und Seitensprünge goutiert nicht jeder (auch nicht jede), aber bei den meisten festigen sie meine Autorität, zumal ich es, darf ich in aller Bescheidenheit behaupten, zur Meisterschaft gebracht habe, in Zungen zu reden. die flammenden Appelle, die ich halte, sind voll von Ausdrücken, die noch niemand gehört hat, aber der aufmerksamen Zuhörerschaft irgendwie bekannt vorkommen oder sie an etwas erinnern, das viel zu vage ist, um es stichhaltig werden lassen zu können. hier pflichte ich bei

dem Gegenüber recht zu geben, ist eine meiner Maximen, vielleicht sogar die wichtigste. Sätze wie: wenn ich Sie richtig verstanden habe oder: ganz meine Worte öffnen die Herzen und schließen die Hirne. wer sich von mir verstanden fühlt, wagt nicht zu widersprechen, und wer es dennoch tut, wird von mir über die Ambivalenz des Themas und des Arguments belehrt. Widerstand gebrochen. insofern muß ich mich korrigieren: meine Wissenschaft ist zwar im eigentlichen Sinne nicht anwendbar, aber im übertragenen grundsätzlich für alles und alle offen. vielleicht rühren von daher meine Beliebtheit und meine unangefochtene Autorität. demnächst trete ich in einer Talkshow auf. Thema: die Basis als Fundament der Grundlage

Geschichten

täglich neue Geschichten, und mit jedem Tag vermehrt sich Geschichte. jeder von uns zieht sie hinter sich her wie eine ständig größer werdende Schleppe. deshalb dieser Gang. man sieht einem das Alter an der Art und Weise des Gehens an und an der Menge an Geschichte. ich könnte auch Bürde sagen, aber das klingt zu pathetisch. wie Kreuz. hierzulande sagt man auch Pinkerl. man neigt zu Verkleinerungsformen, das macht das Tragen und Ertragen leichter. kleiner wird dadurch die Bürde aber nicht. sie tut nur ein bisserl weniger weh. überhaupt dieses Bisserl! macht alles weniger schlimm, weniger tragisch, einfach weniger. verniedlicht, aber nicht zu sehr. eben nur ein bisserl. eines geht allerdings nicht: ein bisserl sterben

sterben muß man immer ganz. so wie fliehen. wer auf der Flucht ist, macht es nicht halbherzig. Töten auch nicht. es gibt Dinge, die lassen sich nicht rückgängig machen. nur das Gebären. schon seltsam: der Beginn des Lebens läßt sich revidieren, das Ende hingegen nicht. aber dieser Zauber wohnt den meisten Enden inne. läßt sich ein Ende zurücknehmen, war es nämlich keines und muß geprüft und erneut versucht werden. das wissen alle gescheiterten Suizidanten. das nächste Mal mach ich es besser, sagen sie voll Reue. den Erfolgreichen kann das egal sein: sie haben ihr Ziel erreicht, nur wissen sie es nicht. da würden wir uns schön wundern, wenn einer nach seiner erfolgreichen Selbstentleibung wie weiland Lazarus zurückkäme und sagte: ich habs mir anders überlegt. was würden wir sagen? geh zurück, woher du gekommen? willkommen im Reich der Halbtoten? selber schuld?

das sind so Geschichten, aus denen sich einiges machen ließe. daß dem nicht so ist, liegt daran, daß es Geschichten sind, aus denen sich einiges machen ließe. wie sagte vor Jahren so treffend ein Freund (er war kein Politiker): ich bin total offen – also nicht ganz dicht. so kalauert er sich durchs Leben und fährt damit gar nicht schlecht. wenn das Ende da ist, reden wir weiter, dachte ich unbedacht. Ende und weiter, das geht nur zusammen in Religion und Surrealismus. doch das ist bekanntlich dasselbe. nein: nur fast. der Surrealist glaubt nicht daran, er tut nur so, der Gläubige hingegen glaubt fest daran. ein bißchen glauben, das geht nur kurz gut, auf Dauer sicherlich nicht. wer nicht für mich ist, der ist gegen mich, sagte einer und landete prompt am Kreuz. daß er es überlebt haben soll, ist eine jener surrealen Geschichten, auf die ich gerne verzichten würde

närrisch

hingerissen von so viel Abgrund. ein Schritt nur, ein kleiner Schritt. der Spaßmacher macht sich im Palast nicht zum König, aber den Palast zum Zirkus und sich einen Kopf kürzer. da nützt auch die Schellenkappe nichts: die Wahrheit ist und bleibt eine Zumutung. und die hat mit Mut nichts zu tun. eher mit ignorantia. mutatis mutandis, wenns beliebt. wer das versteht, hat hier nichts zu suchen, weil er hier nichts verloren hat

die Welt ist alles, was der Abfall ist. Beseitigung inbegriffen. wer da an Häresie denkt, liegt nicht so falsch. wer legte das Feuer? wer löschte es nicht? durch die Jahrhunderte hallten die Schreie und leiser, als wollten sie ungehört bleiben, aus des Nachbarn Keller. und bist du nicht willig, so brauch ich Geduld. spiel nicht den Gekränkten, wir wärmen uns an denselben Scheitern. haufenweise Schuldgefühle, wo es doch nichts mehr zu fühlen gibt

die Komödie ist gar keine und schon gar nicht göttlich. das wissen auch die Spaßmacher; deshalb tarnen sie sich und täuschen. sich und die Welt. zusammenhanglos. verbinden, was unverbunden bleiben sollte, und trennen das ohnehin Getrennte. noch nie was von Fallibilismus gehört? hat nichts mit Kniefall zu tun, eher mit Fallbeil und Fallstricken falschen Denkens, fehlenden Schirmen und einer Fallhöhe mit finalem Aufprall

den Rändern verfallen

1

balancierend, den Sims entlang, immer nah am Abgrund, die Arme ausgebreitet, als könne einem die Luft Halt geben, als spielte man Iustitia, als hege man Mißtrauen gegenüber dem eigenen Schritt. dabei ist es angeraten, mißtrauisch zu sein gegenüber allem und jedem, auch und gerade gegenüber Fundamenten und Mauern. diese fallen als erste, wenn sich die Erde bewegt. und sie bewegt sich doch, sagte einer, der es wissen mußte. die Besserwisser beharrten auf dem Stillstand und machten sich keine Vorstellung von der Dynamik des Kosmos. was ist dagegen schon der Balanceakt auf einer Mauer oder einem Dachfirst. wer stürzt, fällt in ausgebreitete Arme. die Erde hat mich wieder. das sagte einer, der es nicht besser wußte. damit mußte er leben

2

es ist ein Irrtum zu glauben, Städte begriffen sich von ihren Zentren her. es sind die Ränder, die ihnen nicht nur Kontur verleihen, das Bodenlose von Stadtmauern, Palisaden und Bastionen einst und heute von rasant wachsenden Elendsvierteln, die die Städte hinaus in die Landschaft wuchern lassen, so schnell, daß keine noch so gut durchorganisierte Behörde mit- oder besser: nachkommt. wer am Rand lebt, findet sich unversehens nahe der Mitte, die sich immer weniger als Mitte begreift. eher als hin und her wabernder Zellkern, in dem sich immer mehr Randständiges einfindet. so gleichen die Städte immer mehr dem Kosmos und seiner Haltlosigkeit. aber das führt uns zu weit und damit nicht weit genug

3

Zäune haben die besondere Eigenschaft, eine Landschaft und ihre Dinge, die eigentlich zusammengehören, zu trennen und ein Drüben und ein Herüben zu schaffen, Land und Länder in ein Mein und ein Dein zu teilen, an das sich allerdings Vögel und Pflanzen nicht halten und größere Tiere nur, wenn sie die Zäune nicht überwinden können. kürzlich sah ich einen, wie er die Pfähle versetzte. ihm gefielen die Linien nicht, erklärte er. er hätte es nicht eigens betonen müssen. schon wenige Tage später setzte er die Pfähle wieder um und zeichnete die Grenzen neu. das Netz der Zäune wurde immer weitmaschiger, und wenn ich nicht achtgebe, befinde ich mich plötzlich auf seinem Grund und Boden und bin selber grund- und bodenlos. um das zu verhindern, erwäge ich, meinerseits die Pfähle zu versetzen. daraus könnte ein lustiges Spiel werden. ich fürchte nur, der andere teilt nicht meine Art von Humor

4

alles eine Frage der Haltung und ein Balanceakt. fast alles. nein: im Grunde alles. nur wenn der Untergrund groß genug ist und die Basis stabil erscheint, spürt man den Schwindel nicht. ansonsten kommt man schnell ins Taumeln, aber das hatten wir schon. die Zitate, die mir dazu einfielen, lasse ich jetzt weg: zu wenig stichhaltig. was gibt es sonst noch zu sagen? die Ränder fransen aus und sollten geendelt werden. sonst verlieren sie ihre Façon und ich die Fassung. ein Kalauer, ich weiß, außerdem nichts Neues, sollte aber einmal gesagt werden, bevor ich taumle und abgehe. bis dahin bleibt noch etwas Zeit, die Linien abzuschreiten, den einen oder anderen Pfahl zu versetzen, Karten neu zu zeichnen und zu schauen, was passiert

Grenzüberschreitungen

ich bin für die Beibehaltung von Grenzen. gäbe es diese nicht mehr, gäbe es auch keine Überschreitung derselben, und das wäre fatal. ein Einmarsch von Truppen wäre dann nicht mehr möglich. wo kein Drinnen, da kein Draußen. wohin soll man dann marschieren außer im Kreis? willkommen kann man auch niemanden heißen, denn wenn Grenzen fehlen, ist jeder schon da und gehört dazu. umgekehrt kann man unliebsame Zeitgenossen nicht mehr des Landes verweisen, sie bleiben auf immer da. Grenzenlosigkeit löst keine Probleme, sondern schafft neue, und die sind unüberwindbar. wie seinerzeit manche Grenzen

außerdem muß es auch Limits geben. zeigen Sie mir eine Sportart, die ohne Limits weiterbestehen würde! sie verkämen alle zu unverbindlichen Spielen, und das waren schon die Olympischen nicht. schon damals, als man sie gründete, wußte man: der Mensch braucht Limits, um gegen diese antreten und sie überwinden zu können. und dazu braucht er Gegner. und den Kampf. Grenzenlosigkeit steht dem im Weg. so wie Unendlichkeit

die Unendlichkeit ist das Problem des Alls. nicht sein Ursprung ist es, sondern seine Ausdehnung. als es noch die Größe des Sonnensystems hatte und später der Milchstraße, war es zwar auch schon groß und schwer vorzustellen, aber überschaubar. seit es sich ausdehnt und immer größer wird und offenbar keine Grenzen kennt, stellt sich die Frage: was ist jenseits des Alls? ein Gegen-All? oder gar das Nichts? aber wenn es keine Grenze gibt, nur Unendlichkeit, dann gibt es auch kein Jenseits. und auch kein Diesseits

das ist übrigens auch das Problem Gottes. Unendlichkeit ist unverbindlich, weil grenzenlos. deshalb wurde Gott Mensch: nicht um diesen von Sünde und Tod zu erlösen, sondern um sich von der

Unendlichkeit zu befreien. ein weiteres Problem, das sich dabei auftat: die Endlichkeit zeigte Gott seine Grenzen auf. deshalb am dritten Tag die Auferstehung. Gott konnte und wollte nicht tot bleiben. denn ein toter Gott ist keiner

der Tod ist auch so eine Grenze. ohne ihn gäbe es keine Hoffnung auf ein ewiges Leben, ja der Begriff Ewigkeit wäre ohne ihn sinnlos. so wie der Einmarsch in fremde Länder mit anschließenden Massakern. (eine Art Folklore, die sich standhaft hält.) so gesehen dürfen wir Adam und Eva dankbar sein: ohne sie gäbe es nur die Langeweile des Paradieses, das zum einen keines ist und zum anderen nur erträglich wäre durch grenzenlose Ahnungslosigkeit, um nicht zu sagen Dummheit. dann könnten wir nicht einmal sagen: scio nescio oder scio me nihil scire oder nicht einmal das

beyond

beyond ist der Ort meiner Bestimmung. andere sammeln Pflanzen oder Insekten und bestimmen sie, ich horche Wörter aus. ihre Geschichte hat es mir angetan und noch mehr ihre Geschichten. Wesen zum Beispiel ist ein wesentlicher Begriff. ohne ihn könnten wir nicht benennen, wer und wie wir sind und wer uns wesensfremd ist. Verweser zum Beispiel. noch schlimmer Reichsverweser und das Bankenwesen, das es zu meinem Leidwesen gibt. wesensverwandt dem Bandenwesen und allen, die ihr Unwesen treiben. kein Trost, daß gilt: was west verwest. so weit wollte ich nun doch nicht gehen

beyond ist eine Bewegung, eine Fortbewegung hin auf ein Ziel, das mich bewegt. dabei ist nicht klar, wo es liegt und wie genau es beschaffen ist. genügt es, daß es hinter dem Horizont liegt? daß es möglichst weit entfernt und unerreichbar ist? wie das Objekt der Hohen Minne: viel besungen, inbrünstig herbeigesehnt, aber nie im Leben erreicht. der Weg ist das Ziel. wer das sagte, hatte keine Ahnung von dem alles bestimmenden Wunsch, etwas zu erreichen, von dem man sich keine Vorstellung machen kann. erreicht man es, ist man vor Enttäuschung sprachlos

beyond ist ein Wort, das krank macht. das Grenzen überschreitet und verneint. das aufzeigt, wo man steht und wie es um einen steht. das eine Grenze bildet, die nicht zu überwinden ist. so sehr du dich auch bemühst, wie weit du deine Hand ausstreckst, um über den Rand greifen zu können, Errant, es wird nicht gelingen. das war mir eine Lehre und beflügelt mich. against all odds. beyond all odds. Odysseus ähnlich, aber nicht gleich. denn der erreichte sein Ziel. ob er glücklich wurde, verschwieg der Dichter. er wußte wohl warum

Wohnungswechsel

vor einiger Zeit bin ich umgezogen. ich habe nicht nur die Adresse geändert, sondern auch meine Geisteshaltung. die Wirklichkeit war mir zu nahe gekommen, oder besser: getreten; ich fühlte mich von ihr regelrecht bedrängt. all die Nachrichten über Seuchen, Kriege, Katastrophen und was weiß ich noch – das kann einem ganz schön die Lebensfreude vermiesen. da kam mir das Angebot eines Freundes gerade recht: in seinem Gebäude war eine Wohnung frei geworden, und auch wenn sie nicht ganz meinem Standard (oder sollte ich sagen: Niveau?) entspricht, bin ich froh, ein neues Zuhause zu haben. es ist ja nicht für die Ewigkeit gedacht

freilich hat sie auch gewisse Nachteile: sie ist nicht so leicht zu finden, und manche Freunde kommen nicht mehr wieder. dabei bemühte ich mich redlich, ihnen mein neues Zuhause näherzubringen. manche meinen: zu redlich. man muß nicht jedes Detail wissen und erklären; das geht sowieso nicht. Urteile behalten Charme und Überzeugungskraft, wenn sie nicht zu konkret werden. nicht das Exakte verbindet, sondern das Nebulose. dafür habe ich viele neue Bekanntschaften gemacht: alles Brüder und Schwestern im Geiste

noch kein einziges Mal habe ich mich nach meinem alten Zuhause zurückgesehnt, im Gegenteil: mich wundert, wie lange ich es ertragen konnte. mangels Alternativen hält man vieles aus und vielem stand. dennoch muß ich sagen: die Zerstörungen rücken näher. von ferne hören wir schon die Donnerschläge und sehen Blitze hinterm Horizont aufzucken. wer hätte gedacht, daß wir einmal in eine Lage kommen könnten, unsere Lage überdenken zu müssen! noch geht es einigermaßen. bald allerdings heißt es die Zelte abbrechen und umzuziehen. am besten auf eine Insel

Ruinen 1

ich lebe in einer Ruine. ich meine nicht meinen Körper, der schon seit Jahren bedenkliche Signale aussendet, die ich bis dato beharrlich überhöre und übersehe. was meinen Hausarzt bedenklich stimmen, wenn nicht gar empören würde, wenn ich ihn konsultierte. aber das tue ich nicht, kommuniziere nur mit seinem Anrufbeantworter bei so harmlosen Fällen wie Schnupfen, Husten oder Kopfweh. immerhin tut mir einiges weh, wenn ich morgens aufstehe und der Weg vom Bett zur Toilette und danach in die Küche eine Wegstrecke von gefühlt mehreren Kilometern darstellt, womit zumindest zweifelsfrei belegt wäre, daß ich noch zu den Lebenden zu zählen bin

ich meine auch nicht mein Haus, das bereits einige undichte Stellen aufweist, durch die wahlweise Regen oder Sonnenstrahlen sickern, aber nicht genug, um mich veranlaßt zu sehen, eine Reparatur in Erwägung zu ziehen, die ich mir ohnedies nicht leisten könnte. es ist wie beim Arzt: du verläßt ihn nicht gesünder, aber mit geschärftem Bewußtsein in Sachen potentieller Krankheiten und spürst in der Folge Schmerzen an Körperstellen, von deren Existenz du bis dato nichts wußtest oder die es gar nicht gibt. also belasse ich es bei den paar undichten Stellen in der Hoffnung, daß sie nicht größer werden. immerhin habe ich dadurch ständig frische Luft

ich meine auch nicht den Staat beziehungsweise das, was man hinlänglich als Staat so bezeichnet oder zu bezeichnen angehalten ist, ein Gebilde, so unvollkommen, wie es nur Menschen zuwege bringen, so fragil, daß man sich nur wundern kann, wieso Menschen eisern daran festhalten, es verteidigen, sich dafür aufopfern und sogar bereit sind, dafür zu sterben, wo es sich so gar nicht selten gegen sie selbst wendet und sie im

Bedarfsfall eliminiert. dafür finden sich dann später ihre Namen auf Denkmälern und Wandtafeln, in manchen Fällen auch auf sogenannten Stolpersteinen, sofern sie auf der richtigen Seite gestorben sind

ich meine auch nicht mein Denken, das derart große Lücken und Widersprüche aufweist, die keiner akzeptieren würde, der auch nur ein Geringes von Logik und Verstand hält, an denen ich jedoch hänge wie an einem zerschlissenen, aber liebgewonnenen Spielzeug aus einer widerspruchslosen Zeit. vielleicht hänge ich deshalb so an ihm: weil es mich an meinen Teddybären erinnert, der, wenn ich ihn neigte, zu allem, was ich sagte, denselben Brummlaut von sich gab, bis er, alt und grau geworden, verstummte und den Rest seiner Tage in einer Zimmerecke verbringt, mich aus seinen blind gewordenen Knopfaugen betrachtend

ich meine, ja, was meine ich eigentlich? der Satz fiel mir einfach zu, nicht ein, denn dann käme er ja aus mir, meinem Innersten, und ich müßte wissen, was ich damit meine, und Wissenmüssen ist nicht so meine Sache, war es nie, ganz besonders in der Schule nicht. nichtsahnend fing ich ihn also auf, er gefiel mir, ich kann nicht einmal sagen warum, vielleicht sogar, weil ich intuitiv spürte, daß er stimmt, und jetzt steht er da und ich muß ihn rechtfertigen, denn streichen kann ich ihn nicht. was ich geschrieben habe, habe ich geschrieben, sagte einer und leitete damit unwissentlich das Ende eines Weltreichs ein. dessen Ruinen kann man noch heute besichtigen

Verlaß auf Straßengräben

wer den Mut aufbringt, von Wald- und Feldwegen abzuweichen oder überwucherte, kaum noch wahrzunehmende Pfade hinter sich zu lassen und Straßen zu vertrauen, läuft Gefahr, im Graben zu landen. das erfuhr schon Estragon, ließ aber nicht davon ab, die Straße nicht zu verlassen. er sah keinen Ausweg und wartet noch immer. immerhin gibt es welche, die ihn verprügeln, und nicht vielmehr nichts oder besser: niemanden. das kann einem auf unbedarften Wegen nicht geschehen. schon geschehen, auch mir

auch mir, der in Straßengräben fast seine vorerst letzte Ruhestätte gefunden hätte. daß dem nicht so war, verdankte sich weder der Vorsehung, einem gütigen Schicksal noch einem selten gütigen Gott, sondern der banalen Warntafel „Bankette in Arbeit". so wurde der Straßengraben vor mir geschützt und ich hielt die Spur, die ich weder suchte noch legen wollte. aber so ist das, wenn man nicht dem inneren Drang folgt und eine Straße nimmt, die einen auf Abwege bringt, die man nicht zu träumen wagt. auch Träumen kann ein Wagnis sein

aber ich komme vom Thema ab, was mir bei Wegen regelmäßig geschieht. fremdländische Straßengräben sah ich voll verwesender Tiere – von Straßenkötern bis zu Pferden, von Ratten und krummschnäbeligen schwarzen Vögeln heimgesucht –, während sich im Inland höchstens Plastikmüll und Zigarettenkippen finden lassen, und das nur, wenn das Auge des Gesetzes sich zudrückt oder gnädig darüber hinwegsieht, daß sich Straßengräben ideal dazu eignen, sich des Zivilisationsmülls zu entledigen. oder unliebsamer Zeitgenossen ja, ich habe Zeit genossen in und mit vielen Straßengräben, habe mit Estragon parliert (nächtens; denn tagsüber nimmt ihn Vladimir zu sehr in Anspruch) und manch Verunglückten geborgen. je tiefer der Graben, desto besser: dann ist man sicher vor den indiskreten Blicken Schaulustiger, die sehen wollen, wo es nichts zu sehen gibt. so sehr ich die Gräben schätze und ihre gnädigen Schatten, ich werde zurückkehren zu meinen abseitigen Pfaden, denen ich vertrauen kann, daß sie mich verschwinden lassen, ungesehn

unbedacht

ich hause unter einer Brücke. wie lange schon, kann ich nicht sagen, mein Erinnerungsvermögen hat unter der Kälte gelitten. unter dieser und unter jener. und hausen ist nicht der richtige Ausdruck: ich bin unbehaust; ich lebe im Freien, nur vor Regen und Schnee geschützt, und das nur notdürftig

die Notdurft verrichte ich mal hier, mal da, andere leider sehr häufig hier. weshalb ich bald umziehen werde: von Brücke zu Brücke ziehe ich mein Wägelchen, in dem ich alles habe, was ich nicht besitze. Eigentum wirkt auf mich schon lange eigentümlich, und nicht nur wegen des Wortspiels

das Spiel mit Worten ist eine meiner Leidenschaften, man könnte auch sagen: Schwächen. ohne es wäre mein Brückendasein unerträglich. deshalb gefiel mir, was ein ebenfalls unterstandsloser Freund sagte: der Staat müsse seinen Bürgern nicht unbedingt was zu fressen geben; eine in die Fresse genüge auch. was haben wir gelacht

lächerlich, daß deshalb die Polizei vorbeischaute und unsere Ausweise sehen wollte. weisen Sie sich aus, sonst weisen wir Sie aus, sagte ein Übereifriger. das gefiel mir. mein Ausweis ist mein dreckiges Gesicht, erwiderte ich. das war unbedacht und außerdem ein ungenaues Zitat

man zitierte mich auf die Wachstube. dort blieb ich lange wach, man könnte auch sagen: ich hielt Wache und diese zum Narren, den ich aus mir machte. das nahm man mir übel, das es gar nicht so war: immerhin war es hier wärmer als unter meiner Brücke, zu der ich nicht zurückkehren durfte

ich lebe jetzt auf der Straße und von der Hand in den Mund. den ich fürderhin halten werde

II

wunderbar

Sie werden sich noch wundern, was alles möglich ist, verkündete vor geraumer Zeit ein Präsidentschaftskandidat, und es war durchaus als Drohung gemeint und wurde von den meisten auch so verstanden. Wundern haftet meist etwas Bedrohliches an: plötzlich wird die Welt aus den Angeln gehoben und Gesetze, die bis dahin als unverrückbar gehalten wurden, mit einer flüchtigen (manchmal auch pathetischen) Bewegung außer Kraft gesetzt. Lazarus durfte das am eigenen Leib erfahren; ob er darüber glücklich oder auch nur erstaunt war, ist nicht überliefert. wer weiß, wie seine Antwort ausgefallen wäre, hätte man ihn gefragt. nicht einmal über die Wiederbegegnung mit seinen trauernden Hinterbliebenen wurde berichtet. Trauer ist eines der stärksten Gefühle und hat etwas Erleichterndes. bei Wiederauferstandenen scheint die Sache anders zu liegen: die Jünger waren verwirrt und verängstigt, einer meinte sogar, seine Hände auf die Wundmale legen zu müssen, und irgendwann begannen sie in fremden Zungen zu reden, was bei vielen nicht so gut ankam. verständlich: wer von Überwindung des Todes, Auferstehung und Himmelfahrt schwadroniert, kommt schnell in den Geruch, verrückt zu sein

ja, Wunder spielen verrückt und machen es. diese Erfahrung machte die kleine Bernadette. ihr Glück war, daß ihr genügend und gewichtige Leute Glauben schenkten (und nicht wenige es auch heute noch tun). anders bei Johanna: sie mußte zunächst den Feuertod sterben, um später heiliggesprochen werden zu können. was Wunder, daß man heute vorsichtiger umgeht mit Närrischen und ihnen zubilligt, in ihrer eigenen Welt zu leben. das nennt man Toleranz. die endet allerdings, wenn sie beginnen, die Welt zu missionieren oder gar in ihre Welt zu bomben. früher tat man das mit Feuer und Schwert, heute genügen ein Knopfdruck oder eine kleine Bewegung am Abzugshahn. aber ich schweife ab. Wunder gibt es immer wieder, sang Katja und versprach ihren gläubigen Fans in knapp drei Minuten, daß diese wahr werden. das war zu der Zeit, als das Wünschen noch geholfen hat

kürzlich besuchte ich die Wunderbar. daß sie es nicht sein würde, ahnte ich schon im Vorhinein; daß es aber so schlimm würde, das war denn doch nicht vorherzusehen (wie dies auf Wunder für gewöhnlich zutrifft). trunken von überteuerten Inspirationsflüssigkeiten sprachen die Gäste schon nach kurzer Zeit in Zungen und schienen sich dabei gut zu verstehen (sieht man von ein paar verbalen Ausrutschern ab, die nicht dem Lexikon des Heiligen Geistes entstammen konnten). mir hingegen blieb die Sprache weg. das Wunder, das sich hier ereignete, war zu banal, weil reproduzierbar, und glich jenem in Auerbachs Keller. Wunder definieren sich nämlich gerade dadurch, daß sie unvorhersehbar geschehen, über einen unvermittelt hereinbrechen und nicht wiederholbar sind. wo kämen wir hin, wenn immer häufiger und auch noch vorherseh-, weil planbar Lazarusse von den Toten auferständen! dann wäre es aus mit den Erweckungswundern und ein neuer Geschäftszweig täte sich auf. ernüchternd

einer, der den letzten Krieg unbeschadet (zumindest physisch) überlebt hatte, ohne auferstanden zu sein, erklärte mir, das sei bei all dem, was er erlebt hatte, ein Wunder, und er danke Gott dafür. dem konnte ich nicht zustimmen. warum sollte Gott (oder die Vorsehung oder das Schicksal oder sonst irgendeine unsichtbare, aber wirkmächtige Instanz – und seien es auch nur die Sterne und ihre Konstellation) ausgerechnet ihn zum Überleben verurteilt und damit gezwungen haben, sich den Rest seines Daseins mit den unauslöschlichen

Schreckensbildern konfrontiert zu sehen, während rund um ihn Tausende ins Nirvana oder sonst wohin befördert wurden, um dort in Frieden ruhen zu können? worin bestände hier das Wunder? vielleicht in dem Glauben, daß es eines ist. und der ist, wie es scheint, nicht auszurotten. wie sagte so schön einer, der in diesen Dingen beschlagen war (was ihm allerdings auch nichts geholfen hat): das Wunder ist des Glaubens liebstes Kind

in Gottes Namen

wenn einer ohne anzuklopfen eintritt und auf die Frage, wer er sei, mit ich und Weg und Wahrheit und Leben antwortet, das angeschimmelte Brot in seine von Wunden entstellte und dennoch überirdisch schöne Hände nimmt, sie segnet, unter geheimnisvollem Murmeln bricht und an uns, die sich angeekelt abwenden, verteilt, darauf den Krug hebt und in die verstaubten Becher den sauer gewordenen Wein gießt, den wir wegzuschütten vergessen haben, und mit einem Lächeln, das so wenig angebracht ist wie sein überfallsartiges Erscheinen, das uns stört und weitere Fragen aufwirft, wo wir schon die alten nicht zu lösen imstande sind, uns daran erinnert, dies zu seinem Gedächtnis wieder und wieder zu tun

wenn er dann, als einer von uns, der es schon immer gewagt hat, zu zweifeln und die Dinge, die allesamt keiner genaueren Prüfung standhalten könnten, in Frage zu stellen und als das zu bezeichnen, was sie tatsächlich sind: nämlich Ausgeburten einer kranken, behandlungsbedürftigen Phantasie, seine Stimme erhebt und fragt, woran wir denn zweifelsfrei erkennen könnten, daß Er es ist und kein dahergelaufener Scharlatan, diesen zu sich ruft und ihn auffordert, seine ungläubigen Finger in seine wie eine Vulva mit hervorquellendem Gewebe geöffnete Herzwunde zu legen, worauf sich dieser angewidert abwendet und beteuert, lieber in der Hölle, an deren Existenz er ohnedies nicht glaube, zu schmoren als dieser frivolen Aufforderung nachzukommen

worauf der Fremde mit traurig gesenktem Haupt und ohne uns eines weiteren Blicks zu würdigen so plötzlich verschwindet wie er aufgetaucht ist, wissen wir, daß Er es nicht war, nicht sein konnte und niemals sein wird können, der auf die Erde gekommen sei, um die Menschheit zugrunde zu retten, worauf wir aufbrechen und uns in alle Winde zerstreuen, um nie mehr wieder zusammenzukommen, dafür aber die Welt zu verschonen vor einem weiteren in einem Heiligen Buch niedergeschriebenen, von zahllosen sogenannten Blutzeugen beglaubigten und wider jede Logik und besseres Wissen und trotz zahlreicher Widersprüche von allzu vielen Leichtgläubigen für wahr gehaltenen Irrtum

59 Perlen

schmerzhaft. zur Wahl stünde u.a. auch glorreich. ein Geheimnis ist es auf jeden Fall. Zufall sicher nicht, daß sich Wonnemond und Gilbhart anboten, trotz der Gefahr der Aneignung artfremder Praktiken. Jungfrauengeburt, zum Beispiel. bei uns nicht wirklich üblich, nistete sich dieses Übel aus dem Orient kommend wie eine Seuche ein und wurde für viele freudenreich. nicht realiter, sondern virtuell. das mit virginalis zwar nicht zusammenhängt, aber trotzdem damit zusammenhängt. das verstehe wer kann; wollen tun es immer weniger

schlafen gahn ist wohlgetan, schön Jungfrau, wollt Ihr mit mir gahn? sang Mutter mit verschmitztem Lächeln, wohl wissend nicht nur um etymologische Zusammenhänge. eine Perle, die sich nicht widersetzte und dem Bett den Vorzug gab gegenüber der zweifelhaften Moral einer intakten Haut und verschlossenen Tür. hinter Schloß und Riegel kamen nicht nur die abgebrühten Kennerinnen von Kraut und Rüben. das reinigende Feuer war ihnen sicher, in Sonderfällen die spätere Aufnahme in Litaneien und Register großherziger Blutzeugen

damit sind wir wieder beim Schmerz, dem Adel eines Gott wohlgefälligen Lebens. was den Sohn nicht umbrachte, könnt ihr getrost auf euch nehmen, und zwar kreuzfidel. um den Faden zur ewigen Glückseligkeit nicht zu verlieren, gibt es die Perlen. aber nicht verzählen! sonst heißt es: zurück an den Start, und das tut dann richtig weh. dem der lügt drohen höllische Strafen. zum Beispiel die Wiederherstellung der Jungfräulichkeit. aber nicht in einem anderen Leben, denn das gibt es nicht. zur Buße und weil es so schön paßt: drei salve Regina!

Nothelfer

warum es ausgerechnet vierzehn sind, kann ich nicht sagen. meine Recherchen gingen immer ins Leere. es sind jedenfalls dreizehn zu viele, einer würde reichen, und selbst das ist nicht ausgemacht. ich befand mich noch nie in einer derart großen Not, daß ich einen von ihnen gebraucht hätte, und wenn, Hilfe aus dem Jenseits war mir seit jeher suspekt. an spiritistischen Sitzungen wie Rosenkranz und Maiandacht nahm ich nur als Kind teil, danach verlegte ich mich auf realistischere Terrains einschließlich Stoßgebeten und deren nicht nur akustische Erfüllung. wem das zu anzüglich ist, dem ist nicht zu helfen

abends will ich schlafen gehn, betete ich als Kind und fühlte mich dabei bedrängt, vierzehn Engel um mich stehn. schon wieder vierzehn, und da soll einer ruhig schlafen können! bis in die Träume krochen sie mir nach und spukten als Zensoren herum. was durfte ich träumen und was war schon sündhaft? oder ist nicht alles Sünde, was mit Fleisch zu tun hat? das Menschenfleisch muß gepeinigt werden, wußte Mutter bei jeder Gelegenheit zu sagen, und die mußte es ja wissen. heiliger Werauchimmer, nimm meine Hand und laß sie nicht mehr los, außer um das Kreuzzeichen darüber schlagen zu können

Not macht erfinderisch, wußte Mutters Schwester und wußte es besser als diese. wozu also die vielen Helferlein, die einen nur hoffen und warten lassen? zu viel hoffen ist nämlich nicht gesund: es lähmt und führt zu Genickstarre bei dem ewigen Blick nach oben. daß auch der Kreuzweg vierzehn Stationen hat, fiel mir erst kürzlich auf und machte mich sprachlos. wenig später begegnete mir Katharina vor der philosophischen Fakultät, um meine Sprachschwierigkeiten zu kurieren. sie sah ziemlich gerädert und nur notdürftig zusammengeflickt aus. dieser virgo capitalis war nicht mehr zu helfen

Jonas

Jonas kommt die Treppe herauf, Gesicht und Hände ganz mit Asche bedeckt. das macht er seit seiner fischigen Initiation. nervig. aber es ist ihm nicht auszutreiben. so wie sein Spruch: kehret um, denn das Ende ist nahe! wozu umkehren angesichts eines Endes, das seit Menschengedenken vor der Tür steht? wozu sich fürchten vor der Zukunft, wo schon die Gegenwart schlimm genug ist?

wenn wir ihn loswerden wollen, bitten wir ihn zu Tisch und kredenzen ihm Fisch. das vertreibt ihn auf der Stelle. danach hören wir ihn weinen, unten, im Keller, wo er mittlerweile haust und von wo er nur heraufsteigt, wenn das Wetter trüb und der Drang zu missionieren unermeßlich geworden ist. das geschieht immer öfter. er steht unter Druck, denn der Erfolg will sich nicht einstellen

Jonas kann einem leidtun. sein Vorleben war geordnet, er konnte zufrieden sein. den Frieden verlor er, als er von Gott den Auftrag zur Bekehrung erhielt und zwischenzeitlich über Bord ging. hätte ihn nur das Meer behalten, ihm und uns wäre viel erspart geblieben! so aber geistert er herum und sprengt jede Unterhaltung. was sagte er kürzlich, pathetisch und nicht ganz sattelfest? ihr, die ihr abtretet, laßt alle Hoffnung fahren! da geben wir ihm ausnahmsweise recht

Abschweifungen

ich habe keine Ahnung, aber davon viel, erklärte mir ein Freund, der es wissen mußte; aber nicht besser. besserwissen liegt ihm nicht, und es liegt ihm auch nichts daran. ich tue, was ich kann, sagt er, und das meint er wortwörtlich. wenn ich ihn aber beim Wort nehme, schweift er ab und will von nichts gewußt haben. Pose oder Posse, das ist nicht die Frage. schon gar nicht zu jenen Antworten, die er nicht parat hat. wohin das noch führen wird? ich habe keine Ahnung; also weiß ich es

einen Steinwurf weit endet das Glashaus. wer es nicht glaubt, trete den Beweis an. überall Scherben, die kein Glück bringen. nur Wunden und Wunder, die die Zeit nicht heilt. Curare klingt nur so, bringt aber die Lösung, die unumkehrbar ist. keine Kur mehr nötig. die Fürsten haben abgedankt, geistern wie Gott nur noch durch Straßennamen und Phrasen. eine Phase, die auch noch vorübergeht

geschüttet, nicht gerührt. sonst wird aus dem Bild nichts und das Blut gefriert. jetzt hat sich doch glatt ein Reim eingeschlichen, wenngleich ein wenig unrein. weißer als weiß wäscht nur ein Riese. Adam und Eva hatten damit noch kein Problem. erst als die Erkenntnis sie traf, daß Blätter keine geeigneten Kleidungsstücke abgeben. seitdem wird gewaschen und gereimt, mit oder ohne Stäbe. die sind allerdings mehr als tausend und gehen mit Sicherheit nicht vorüber

wie groß die Welt ist? keine Ahnung. damit sind wir zum Anfang zurückgekehrt. eine unvorhersehbare Wendung und deshalb zwingend. aber nicht zwangsläufig. das ist nur Don Juan, der sich in diese Zeilen hineinkalauert, daß es einem die Charmeröte ins Gesicht treibt. das haben wir meinem Freund zu verdanken und seinem Erfahrungsschatz, den ich hiermit hebe: wer mit mir rechnet hat nichts gewonnen

c’est la vie 1

geht in Deckung, heut fliegen die Schwalben tief! und wenn es keine Schwalben sind, umso schlimmer. die Zugvögel sind schon fort? das haben wir verpaßt, hätten vielleicht mitgekonnt, ja, sicher hätten sie uns mitgenommen, uns Mitgenommenen, jetzt wo die Hasen die Jäger schießen und die Maulwurfshügel Kasematten gleichen. die Ähnlichkeit ist frappant und nicht zufällig, bei Gott, dem Verlorengegangenen, und dem hier begrabenen Frieden. wer hat das Wort in den Mund genommen?

die beherzte Einfalt ablegen, sie nicht vermehren. Vater, Sohn und Taube haben schon zu viel angerichtet, einer allein wäre schon genug gewesen. schade, daß die Taube kein Zugvogel ist, wir hätten ihr gerne nachgewunken. stattdessen kommt sie mit einem Ölzweig zurück! traut keiner Verheißung: sie könnte sich als wahr erweisen. viel besser die Ewige Ruh: die hat ein Verfalldatum und ist nicht selten ein Gasthaus, in das einzukehren sich lohnt. was auf dem Speiseplan steht? unleserlich

beherzt, wie alle die Köpfe einziehen. unmißverständlich die Schrift der Geschosse, zum Übersetzen wäre ohnedies keine Zeit. da sind Ungereimtheiten in Kauf zu nehmen, Interpretationsfehler inklusive: ich hatt einen Kameraden. was Bessres finden wir nicht, vielleicht ist es auch das Letzte. am Willen mangelt es jedenfalls nicht. ich kann diesem letzten Frieden keinen Glauben schenken, las ich. das sprach mir aus der Seele, wenn ich denn eine hätte. c’est la vie. leider so und nicht anders

lächerlich

man muß sein Lächeln lächeln, belehrte mich Sam, in solchen Dingen erfahren und firm, so wie man die Menschheit lieben muß, egal, ob man es tut oder nicht. wahr ist zudem, daß alles den Bach runtergeht, fragt sich nur welchen und wohin. solange das ungelöst ist, heißt es lächeln und gute Miene zu einem Spiel machen, dessen Ausgang vorhersehbar ist

ausgangslos hingegen ist das Warten, das sich nicht und nicht erschöpft. hätte Gott das gewußt, er hätte am fünften Tag Schluß gemacht, sich zurückgelehnt und gelächelt. aber er mußte ja weitermachen! als er den Schaden sah, halfen ihm auch Turm und Flut nicht mehr. einer der Gründe dafür, daß man ihn noch nie lächeln gesehen hat

lachen verzerrt die Gesichtszüge. das wußte schon Jorge – nein, nicht der, der andere – und berief sich dabei auf Aristoteles, auf den sich früher jeder berief, um den eigenen Wirrkopf intellektuell erscheinen zu lassen. hätte nämlich Gott auch nur einmal gelächelt, er hätte damit zugegeben, daß er sich und seine Erschöpfung nicht ernst nimmt

lächeln dürfen nur wir, und zwar so lange, bis es uns gefriert. dann sehen wir so dämlich drein wie die Erlösten und die Verdammten beim Jüngsten Gericht in einem gotischen Tympanon. Grimassen schneidend fallen wir dereinst in denselben Abgrund. das ist der Moment, in dem Gott das erste und letzte Mal lacht, nein: lächelt, nein: grinst. bösartig. und lächerlich

Schrott

das Himmelsschrot kein Freud'scher Verschreiber oder Verleser. es hat mich punktiert bis zur Unerkenntlichkeit. was ist da schon Sebastian dagegen! ich hab mich nach der Salve jedenfalls nicht so lasziv geräkelt; ich war aber auch nie darauf aus, in die Ewigkeit einzugehn. ewig: das ist ewig, das ist ewig, räsonierte der Hauptmann, nun ist es aber nicht ewig, und das ist ein Augenblick. das dürfte Sebastian auch gedämmert sein, gespickt mit Pfeilen, die in die falsche Richtung wiesen. der Weg zur Hölle ist mit Leichen gepflastert. der zum Himmel ebenso

der Weisheit vorletzter Schluß: du bist was du pißt. das gefiele dem Feuerbach gewiß, wenn er nicht schon versiegt und unheil wäre. siegt Heil? nun, wo Gefahr ist, wächst sich das Rettende aus. und vorbei ists mit der Gemütlichkeit. dem Gemüt einer herzlosen Welt kommt man nicht bei. läufig sind immer nur die andern, aber wie! so steht der noch immer durchbohrt am Pfahl? bauten sie tatsächlich darauf die Hoffnung, das Leben währe länger als das Leben? zumindest tausendjährig? Heilung adé: dem folgt deutscher Gesang

ich bin ein Bub aus echtem Schrott und Korn. der das schrieb, war noch zu jung, um die Weisheit von Verschreibungen und das Unheil von Grammatik zu kennen. die Flinte, die er im Geiste trug, hat er jedenfalls nicht geworfen und auch keinen Kleinen getrunken. das alles überließ er Vater und seinen Kammerahnen, denen nichts fremd geblieben war. Mutters Andacht hingegen übernahm er und übernahm sich damit ungehörig. die Pfeile im Fleisch und die Körner beschäftigten ihn noch lange und wurden zur Wiege des Bösen, das heißt: seines Heils

von der Kanzel

immer wieder das Wort Gottes! als ob es nichts anderes gäbe. der Kindergärtnerinnen Worte zum Beispiel, die Worte der Milchmädchen (als es sie noch gab und nicht bloß auf Rechnungen) und der Jungfrauen (die man, mit Verlaub, schon suchen muß), die Worte der Bettler (die gibt es schon wieder oder besser: noch immer), die Worte der Stummen und Sprachlosen. aber nein: Gottes Wort muß es sein. als könnte auch nur ein Mensch auf Erden sagen, was das Wort Gottes ist, geschweige denn wissen, was Gott denkt (falls er denkt). der Papst vielleicht? der ist der letzte, der es wissen kann. eher geht ihr Kamele durch das Nadelöhr. das ist überdies seit langem verstopft durch Märchen und unglaubwürdige Reisen, die man angeblich dorthin macht, um den Segen zu bekommen, der keinem gebührt. und den Pilger immer wieder nachhause bringen in Fläschchen, die jede Grenzkontrolle passieren

wahrlich, ich sage euch: jeder von euch wird mich verraten. da kommt keiner drum herum. glauben heißt verraten, und wer an mich glaubt, verrät mich und sich selbst. glauben heißt zu viel wissen und auf dem eingeschlagenen Weg bleiben, statt ihn zu verlieren und in die Irre zu gehen. versteht ihr? man muß die Bibel umschreiben. die Autoren haben zu viel mißverstanden. im Grunde genommen alles. Lilien und Vögel, Splitter und Wange, törichte Jungfrauen (da sind sie wieder!) und Menschenfischer (ein Begriff, der den Gehirnen von Werbefachleuten entsprungen sein könnte). all die vielen Bilder, die immer nur in eine Richtung weisen, und zwar auf ihn und einen Himmel, der unbewohnbar ist weil voll unerfüllter und unerfüllbarer Verheißungen deshalb laßt euch nichts gesagt sein! auch das nicht, obwohl es gut klingt. oder besser: weil. es könnte von falschen Propheten kommen und auf den Pfad einer Tugend führen, die euch weg von euch bringt. ich weiß, wovon ich rede; ich war einer von ihnen. jetzt weiß ich es besser. aber das Bessere ist bekanntlich der Feind des Guten wie des Besten. jetzt ist es schon fast zu spät. zumindest für ein Leben durchschnittlicher Dauer. als Kind folgt man gerne den Märchen, als Jugendlicher revoltiert man, aber nicht genug, danach versöhnt man sich mit dem Unversöhnlichen und glaubt damit glücklich zu werden. oder zumindest zufrieden. in Wahrheit ist alles ganz anders. so wie der Weg und das Leben. aber die Wahrheit ist: es gibt sie nicht

begriffsstutzig M

ich war nicht von Natur aus begriffsstutzig, ich wurde es erst mit der Zeit. als Kind konnte ich mir die Dinge alle gut erklären: wenn die Wolken über den Himmel zogen, führte sie der Liebe Gott Gassi und zog sie an der Leine hinter sich her, wie ich das von den Leuten in unserer Stadt kannte. wenn es regnete, pinkelten sie. das Erstaunliche daran war nur, daß Regen gut schmeckte, das Lulu hingegen nicht. Verdacht schöpfte ich, als mir das mit den Wolken und dem Regen erklärt wurde, man aber im selben Atemzug vom Christkind erzählte, das den Kindern die Geschenke bringen würde, wo ich doch genau gesehen hatte, daß es die Eltern waren, die die Päckchen unter den Christbaum legten und danach verschwörerisch lächelten. da brauchte ich nur eins und eins zusammenzählen: wenn das eine nicht stimmte, stimmte das andere wohl auch nicht. ich wurde mißtrauisch: mißtrauisch gegen allzu logisch klingende Erklärungen, mißtrauisch gegenüber Zusammenhängen, wo es offensichtlich keine gab (zum Beispiel zwischen Vergehen und Strafen, die manchmal zu hoch und manchmal ganz ausfielen), mißtrauisch gegenüber Begriffen wie Krieger und Denkmal, Menschen und Rechte undundund. da paßte so vieles nicht zusammen, zu viel Ungereimtes, auf das ich mir meinen Reim machte. seither nannten mich Eltern, Verwandte und Lehrer verstockt und begriffsstutzig und machten sich keinen Begriff davon, wieviel ich in Wirklichkeit von der Wirklichkeit begriff. begreiflich: sie waren Erwachsene, ich ein Kind. das Mißtrauen wurde allerdings nicht kleiner, als ich größer wurde. das mit den Wolken und dem Regen schien mir irgendwann einleuchtend; viel weniger schon, daß Adam eine Rippe fehlen würde (ich war nicht Adam und auch keiner seiner Nachfahren: mir fehlte keine, dafür hatte ich Keuchhusten und Blinddarmentzündung und später das unbändige Bedürfnis, mit meinem Körper zu spielen); am wenigsten, daß der an allen Wegkreuzungen, auf Bergspitzen und in Gotteshäusern geschundene, am Kreuz elendiglich zugrunde gegangene Gottessohn die Menschen – und damit auch mich – von den Sünden und vom Tod erlöst haben sollte. als ein Freund starb, ging ich beichten. über meine Begriffsstutzigkeit verlor ich kein Wort: der Priester hätte mich nicht verstanden

Schneeballprinzip

ich war ein anderer, ich bin ein anderer, ich werde immer ein anderer bleiben. das weiß ich: ich erinnere mich. ein Schneeball lief auf mich zu und rief: iß mich! aber ich habe doch keinen Mund, erwiderte ich. da malte er mir einen großen roten Mund und dicke Lippen und sprang hinein. dafür gab es Prügel. das merkte ich mir. ein anderes Mal beichtete ich, daß ich mich bisweilen liebe. wie, wollte der Priester wissen, und wo. ja so, sagte ich, und mal da, mal dort. da nickte der Priester und gab mir zur Buße drei Vaterunser auf. seitdem wird mir schlecht, wenn ich das Vaterunser bete, und lieben tu ich mich nur noch ganz selten. und wenn, dann mit schlechtem Gewissen. gebeichtet habe ich dafür schon lange nicht mehr. das letzte Mal war es in einem Anfall frommer Unordnung. heute würde ich das nicht mehr tun. heute würde ich den Ball zurückspielen und sagen: friß und ersticke daran

seit ich meine Mitgliedschaft beendet habe, sind die Erstickungsanfälle ausgeblieben. zuvor schon waren sie immer seltener geworden; jetzt kann ich mir noch vage daran erinnern, daß ich welche hatte. sie werden auch nicht mehr auftreten, dessen bin ich mir sicher. so wie mich kein Schneeball mehr getroffen hat. darüber bin ich hinweg, seit Vater und Mutter nicht mehr sind. nur in den Träumen treten sie noch öfters auf, in Gestalt eines Priesters und der Schutzmantelmadonna, die immer ein furchtbar trauriges Gesicht macht und mich ohne Worte fragt: was hast du getan? nichts, möchte ich sagen, aber mein Mund ist voll Schnee, und wenn er geschmolzen ist, ist niemand mehr da, dem ich gestehen könnte, daß ich immer noch gerne liebe und spiele. insofern stimmt es nicht, daß alles vorbei ist. nichts ist vorbei. nichts ist jemals vorbei

dum spiro spero

ich bin ein hoffnungsloser Fall. damit wäre eigentlich schon alles gesagt; aber da ich mehr als zwei Zeilen füllen soll, spreche ich eben weiter. so, lobte mich ein Lehrer, nicht ahnend, daß er etwas in mir entfachte, was er besser hätte schlummern lassen sollen. so aber glaubte ich fürderhin, aus mir könne doch etwas werden, und verschickte an Zeitungen und Verlage Briefe mit poetisch gemeinten Texten, die keiner las, und wenn, dann nicht beantwortete. auf diese Weise wuchsen in mir spes und patientia, zwei benachbarte Berge, die ich Tag für Tag erklomm, bis ich begriff, daß ich mich für alpine Betätigung nicht eigne. danach ging es mir gleich viel besser

aber ich hatte nicht mit dem Genagelten und seiner Wirkung gerechnet. dazu ist er viel zu präsent – selbst auf Bergspitzen und an Weggabelungen trifft man auf ihn –, als daß man ihn übersehen könnte. nachsehen kann ich ihm allerdings nicht, daß er seine irdische Kurzbiographie verlängerte in die Ewigkeit. assistiert von Lazarus, dieser seltsam gewandeten Mumie, die zumindest kurzzeitig dem Tod ein Schnippchen schlug, schürt er seit seinem unrühmlichen Abtritt die Erwartung, dieser sei nicht der letzte gewesen, und dies ausgerechnet durch einen zweifelhaften Auftritt vor wie üblich gutgläubiger Anhängerschar. danach glaubte ich, das eine Zeitlang glauben zu müssen

zum hoffnungslosen Fall geriet ich erst nach und nach, so wie mir erst nach und nach die Ziele und Objekte abhandenkamen. das heißt: abhanden gerieten sie mir nicht; ich baute sie Stück für Stück ab. eine schweißtreibende Arbeit, die sich rückblickend lohnte. mit jedem Hoffnungsschimmer, der sich verdüstert, fühle ich mich leichter und freier und einen Schritt näher dem erlösenden Abgrund. erlösend wovon? ein lapsus linguae oder eher mentis, wie ich ihn nicht von mir erwartet hätte. einmal nicht aufgepaßt, und schon droht man rückfällig zu werden. ich werde für mich die Kurzatmigkeit einführen müssen. das Atmen ganz aufzugeben, dafür fühle ich mich noch nicht hoffnungslos genug

über Mängel, die keine sind

ich habe mich noch nie über den Mangel an Kirchen beschwert. es stimmt nämlich nicht: aus jeder noch so kleinen Ortschaft ragt mindestens ein Kirchturm auf, überall auf dem Land stößt man auf Kapellen und Marterl (was für ein Wort!), und an jeder größeren Weggabelung steht ein Kreuz mit dem geschundenen Körper dessen, der es nicht geschafft hat herabzusteigen. die Nägel saßen zu fest im Gegensatz zum Glauben. wie sonst läßt sich erklären, daß mir noch nie der Auferstandene begegnet ist, immer nur der zu Tode Gemarterte oder bestenfalls ein leeres, verlassenes Kreuz? offenbar traut man der Geschichte von der Auferstehung doch nicht ganz über den Weg. noch immer nicht oder nicht mehr, ich weiß es nicht

das Übermaß an Kirchen geht mit dem Mangel an Glauben einher. obwohl es immer noch genügend Gläubige gibt oder zumindest welche, die glauben es zu sein. Afterglaube nannte man im Mittelalter, wenn jemand vom rechten Pfad abgekommen war und falschen Ansichten anhing oder von Vornherein das Abwegige glaubte. gold war das Kalb, die Aussichten waren es nicht. deshalb zertrümmerte einer seine Steintafeln und mußte alles neu schreiben. wie in der Schule. Umwege oder besser: Abwege erscheinen mir die beste Form, sein Ziel und seine Erlösung (Erlösung wovon?) nicht zu erreichen. deshalb gilt meine Sympathie den Davongekommenen: sie haben es geschafft, die angebotenen Auswege nicht zu nehmen. sie ahnten zurecht, wohin diese führen

wie weitermachen? angesichts der Überzahl an Türmen und Kuppeln kein leichtes Unterfangen. was sagte Heinrich sinnierend zu sich? was du ererbt von deinen Vätern hast, erwirb es, um es zu besitzen. von Müttern ist da keine Rede. dabei heißt es doch Mutter Kirche und Muttersprache. dem Vater überläßt man das Land und den Staat, mit dem keiner zu machen ist. auffällig ist, daß die Kirche das Haus Gottes ist (zumindest behaupten das einige), aber wohnen tut er im Himmel. mag sein, daß er des vielen Weihrauchs und der noch vieleren falschen Wörter überdrüssig geworden ist und sich zurückgezogen hat in eine Region, aus der eine Rückkehr nicht so leicht möglich ist. auch nicht für einen Gott

über das Unerreichbare

eigentlich kann ich nicht viel darüber sagen, genau genommen gar nichts, denn ich hab es noch nicht erreicht. hätte ich es, es wäre nicht mehr das Unerreichbare, und mit etwas derart Banalem, das seinem Namen nicht gerecht wird, will ich nichts zu tun haben

der Horizont, zum Beispiel. weicht immer vor einem zurück, und wenn man ihn zu erreichen glaubt, tut er sich weiter vorn von neuem auf. besonders schön zu beobachten auf Hoher See. da kreist er einen sogar ein, und wohin man auch fährt, er bleibt auf Distanz. stößt man dann (endlich! rufen manche aus; ich enthalte mich lieber jeglichen Kommentars) auf Land, tut er sich erneut auf, nur manifest geworden als Strand, als Klippe, als Wald, als Gebirgszug. in der Dämmerung aber verliert er seine Kontur, verschwimmt mit dem Himmel und rückt damit noch weiter weg. manche Sprachen verfügen über mehr als nur ein Wort für Himmel. imagine there's no heaven … above us only sky, sang einer in der Hoffnung, recht zu behalten. wir wissen es nicht, ich hoffe für ihn und für uns

im Mittelalter pflegte man die Liebe auf Distanz. zumindest literarisch. auch hier gilt: das Erreichte verkommt zum Banalen. das Alltägliche ist der Feind des Besonderen. und besonders erscheint ein Mensch, wenn man ihn nicht zu gut kennt. davon können alle Fans ein Lied singen, im Chor und zusammen mit dem angehimmelten Star. womit wir wieder beim Himmel gelandet sind. wer Coelestine heißt, hat eine große Bürde zu tragen, ähnlich den Atlanten. doch was ist das für ein Himmel, der gestützt werden muß! oder verwechsle ich da etwas, weil ich deutsch spreche?

neulich begegnete mir Gott. zumindest stellte er sich so vor. enttäuschend. er sah so aus, wie ich ihn mir vorstellte. damit war jede Ehrfurcht ein für alle Mal dahin. du sollst dir von Gott kein Bild machen, heißt es in einer Schrift, heilig hingeschrieben und nicht befolgt. eher bevolkt, aber das ist eine andere Geschichte und führt uns zu Sieg und Heil und anderen Geschmacklosigkeiten. es bleibt dabei: das Unerreichbare fasziniert oder schreckt nur, solange es unerreichbar bleibt

über Holismus

was sagte die Frau zur Jungfrau? gebenedeit sei die Frucht deines Leibes. zu dem Zeitpunkt ahnte noch niemand, wie und wo das enden sollte. noch hing kein Kreuz im Herrgottswinkel und kein Beichtstuhl sammelte Sündenregister und schlechte Gewissen. noch brannte kein Scheiterhaufen, nur Bretter wurden geschliffen und Nägel geschmiedet. als es soweit war, war es zu spät. verflucht sei der Leib

x=x+1. an der Lösung dieser Gleichung arbeite ich seit meiner Geburt. anfangs durch Flatulenzen, später durch Grübeln. gelöst habe ich sie bis heute nicht. aber das heißt nicht, daß ich sie nicht eines Tages lösen werde können. ich muß nur alt genug werden. im Zustand der Hinfälligkeit stoßen einem Erleuchtungen zu, die man nie für unmöglich gehalten hat. was das mit dem vorhin Gesagten zu tun hat, weiß ich nicht. aber das heißt nicht, daß es nicht damit zu tun hat

wer dem Fegefeuer entkommt, landet nicht zwangsläufig im Himmel. die Hölle, das weiß jedes Kind, nur die Erwachsenen vergessen es tunlichst, bis sie Erkenntnis trifft wie ein Keulenschlag (von Axt schrieb K., doch das läuft auf dasselbe hinaus und zeugt nur von der Fähigkeit zu zitieren und tarnt sich als Belesenheit), die Hölle trägt man in sich. bitte weitersagen, es hat sich noch nicht genügend weit herumgesprochen

wie ich darauf kam? durch die Jungfrauengeburt und die unlösbare Gleichung. alles hängt mit allem zusammen, irgendwie, hat man mir erklärt. verfolgst du einen Faden, er führt dich sicherlich rund um die Welt, und sein Ende haftet an dir wie ein Schweif. du hättest dich nur umdrehen müssen, doch das hätte nichts genützt, denn Anfang gibt es keinen, und das Ende liegt immer hinter dir

groundhog day

im Namen des Vaters, des Thrones und des heiligen Kleisters. Dramen spielen sich immer seltener hinter den Kulissen ab. immer schlechter verborgen, ähnlich durchschaubar wie das fadenscheinige Gefasel von Erlösung und ewigem Leben. auch die Gardinenpredigten verdienen den Namen längst nicht mehr. die Pförtnersuche haben wir schon lange aufgegeben, nein: sein lassen. wer will schon hinein? oder heraus? Lazarus, bleib liegen, bleib in deine Laken gehüllt, halt sie fest, es lohnt nicht, das Licht der Welt ein zweites Mal zum ersten Mal zu erblicken

ich denke, also bin ich hier. falsch. es kommt auf den Punkt an, wo man ihn setzt. ob es ein Standpunkt ist, wird sich erst weisen. noch sind wir unterwegs, wir zwei oder drei Versprengte, wohin auch immer. und wieder ein Zuruf aus dem Straßengraben. schwer verständlich. ich heiße nicht Estragon, und wir sage ich nur, um nicht so alleine zu wirken. was Wladimir dazu sagt, weiß ich erst, wenn ich ihn erfunden habe. jetzt schält sich Lazarus tatsächlich aus den Laken! er soll das sein lassen, sag ihm, er soll das bleiben lassen, sags ihm. er lernt einfach nicht dazu

to be or not to be. eine Frage des Glaubens. und von Zahlenspielereien. wieviele Jahre zählt ein Tag? das mußt du Godot fragen. und wenn er wirklich einmal kommt? dann ist die Frage nicht mehr von Belang. von Belang ist, daß jetzt Lazarus dasteht. da steht er, nackt nackt wie ein Neugeborener und doch ganz der Alte bekleidet nur mit der Sehnsucht nach der Freiheit die ich nicht meine die nicht die meine ist die keine ist die die Hölle ist die du Lazarus betreten hast im Namen des Vaters und des Sohnes und weißt du Lazarus wie der geendet hat?

ab initio ad infinitum

reduziert auf Initialen. mißverständlich bis zur Kenntlichkeit. nimm nur ein Kreuz, du Eifriger, eines genügt. eins ist schon zu viel für dich. always look on the Breitseite, die man dir gibt. look back ohne Ärger: was hinter dir liegt, ist wenigstens vorbei

vorbei deine Zukunft, bevor sie beginnt. begin the beguine, aber taktvoll und voll Triolen. und tender. der Zug fährt gleich ab nein der fährt schon und folgt dem river of no return der Tisch ist bestellt schon der Henker bereit macht gut seine Arbeit macht frei dich so peaceful and free

Freiheit, reine Perle, die zu hüten wert ist. nicht aber mit Zähnen und Klauen. die lassen wir den Wölfen. hörst du sie heulen? stimmbrüchig wortbrüchig ganz in ihrem Element und ewig gestrig für die Altkleidersammlung mit den abgelaufenen Mustern

mustergültig der Abriß des Turms zu Babel ein Gleichnis für alle die Gott meiden das verstehst du doch du verstehst die Welt nicht mehr oder weniger das Ende vorhersehbar wie die Pointe dir tut das Kreuz so weh das kommt davon du eilfertiger Eifriger mit deinen Initialen

crack

den Seinen gibts der Herr im Schlaf der Vernunft und gebiert Ungeheuer. geheuer ist da gar nichts und läßt sich nur weiter steigern ex negativo. deshalb gilt die Devise: glaube nicht alles, was du denkst

anders ausgedrückt: sei auf der Hut vor deinen Tagmahren! sie sind es, die Ockhams Messer mit sich führen, die Straßen auf und ab gehen auf der Suche nach unwilligen Opfern. ein Schnitt und die Wunde schließt sich nicht mehr

schlußendlich bleibt alles offen. there is a crack in everything, sang einer der schlaflosen, unmüden Träumer, die nicht lockerlassen können. that's how the light gets in. fragt sich nur, woher das Licht kommt. beunruhigend

III

begriffsstutzig L

thick is a brick. hab ich erst spät kapiert, zu spät, wie mir scheint. ich bin schwer von Begriff, die Fontanelle hat sich zu früh bei mir geschlossen. drum bin ich verstockt, versichert man mir. oder hieß es more pricks than kicks? das würde einiges erklären, einiges mehr, aber nicht alles

daß ich Stutzen nicht mag, zum Beispiel, und daß ich in Stiefel nicht hineinkomme, obwohl ich selbigen nicht selten rede. nicht selten, aber auch nicht immer. ever and again. das Quellenstudium führte mich nach Fontaine und zur Sorgue. Sorgue mit u. soviel Unkenntnis muß sein

die brachte mich zu Laura, also schon weit. und zu Capitaine Alexandre, dem großen, aber nicht dem Großen. das führte zu weit, auch wenn es naheliegend ist. so ist das, wenn man zu begreifen glaubt und Zusammenhänge findet, aber nicht herstellt. zumindest noch nicht

ich spiele gerne Plattetüden, weit bin ich allerdings noch nicht gekommen. das liegt vielleicht daran, daß ich die Vorzeichen mißachte. nohow on. wenn das keine Ansage ist. ich schweife ab und reiße einen Stern. hagelvoll war ich aber noch nie. wers glaubt, wird unselig

eisern seine Feststellung halten, koste es was es wolle. denn die Rettung naht sie naht nein näht näht dir ein Kleid aus Holz da liegt man sehr eng dafür hart wenn es hart auf hart kommt wird es gültig und end endlich das Ende wie fing alles an? thick is a brick

Borderline

halt deinen Paß bereit, wir sind gleich an der Grenze!
ich besitze keinen Paß
du besitzt keinen Paß?
nie gehabt. ich bin unpäßlich
sehr witzig
ganz und gar nicht. mein Paß ist mein anständiges Gesicht
du zitierst schon wieder einmal
ja, aber passend
nein, ungenau
das tut nichts zur Sache. Hauptsache, man kann es lesen
Kontrollore können nur Pässe lesen
dann kann ich nicht helfen
dir ist nicht zu helfen
will ich auch nicht
bist du dir im klaren, in welche Bredouille du uns bringst?
Bre- was?
Bredouille. Verlegenheit. Bedrängnis. mißliche Lage
dann sag Verlegenheit. Bedrängnis. mißliche Lage. außerdem mich. mich! nicht dich
uns beide. wir sind zusammen, also –
dann laß uns getrennte Wege gehen. du gehst mit deinem Paß, ich mit meinem anständigen Gesicht
lacht
find ich jetzt nicht lustig
ich auch nicht. aber naiv
naiv
naiv! du glaubst doch nicht im Ernst, daß man dich rüberläßt, einfach so
einfach so wohl nicht und so einfach auch nicht
also – wie dann?

das laß nur meine Sorge sein. überdies akzeptiere ich keine Grenzen, diese nicht und andere nicht
das wird die Grenzposten wenig beeindrucken
muß sie auch nicht. sie müssen mich nur lassen
hinüber?
es gibt kein drüben und kein herüben, nur ein hier und ein dort
und ein dazwischen
das ist, wo ich mich am wohlsten fühl
typisch du
wie du meinst. Pause *wir sind gleich da*
ich befürchte Schlimmstes
typisch du
und du hast gar nichts dabei, das dich ausweisen würde?
ich wiederhole mich ungern: mein anständiges Gesicht
undeutliches Gemurmel. scharfer, fordernder Tonfall, der sich plötzlich mildert, fast freundschaftlich wird
fassungslos wir sind drüben!
ich wiederhole mich ungern: es gibt kein drüben
also gut: sie haben uns passieren lassen –
es könnte uns Schlimmeres passieren
vor allen Dingen dich!
hab ich doch gesagt
und was hast du ihnen gesagt?
flüstert
und das hat gereicht?
vergnügt *offenbar. sonst wären wir jetzt nicht hier*
ich kann es nicht fassen
dreh dich um!
verunsichert sie folgen uns!
natürlich folgen sie uns
sie verfolgen uns!
natürlich verfolgen sie uns nicht. sie sind ja nicht blöd

in Panik sie kommen näher!
keine Bange. gleich werden sie uns eingeholt haben und uns überholen
was machen die jetzt? die ziehen ihre Kleider aus und werfen sie in den Graben!
nicht die schlechteste Art, Belastendes loszuwerden
und was mach ich jetzt mit meinem Paß?
na, was wohl
aus der Ferne Johlen und Gelächter, in das sich die Sirenen von Einsatzfahrzeugen mischen

Hölle und Wunder

wir sind am Grund einer Hölle, von der jeder Augenblick ein Wunder ist
das ist nicht von dir
ich weiß. könnte es aber
das ändert nichts daran, daß es gestohlen ist
das ist jetzt aber kraß ausgedrückt
nicht kraß, sondern wahr
sinnierend was ist Wahrheit?
schon wieder ein Zitat!
abschätzig ein Allerweltsatz
noch dazu aus einer Heiligen Schrift!
mir ist nichts heilig
das merkt man. du bist wie jene, die schamlos zitieren und abschreiben
…
ich schreibe nicht ab, ich sage …
… *und es nicht markieren, sondern als Eigenes ausgeben*
… was mir in den Sinn kommt, egal ob eigen oder geliehen
geliehen. gestohlen!
geliehen. ich leihe mir Formulierungen. nicht Ideen! Formulierungen. weil ich es nicht besser ausdrücken könnte. weil das, was ich sagen will, schon gesagt wurde, nur treffender; unübertrefflich
wozu etwas sagen, was andere schon gesagt haben?
weil es wahr ist
nachäffend was ist Wahrheit?
jetzt zitierst aber du
wie Espenlaub
ein weiteres Zitat. noch dazu unpassend. führt uns vom Thema weg
haben wir denn eines?
die Hölle

lacht *Produkt eines schlechten Gewissens. eine pädagogische Maßnahme. eine Sado-Maso-Methode, wenn du willst. jedenfalls nichts Reales*
nicht wenn wir in ihr leben
leben wir denn?
zumindest tun wir so
tun wir so?
seufzt mit dir hat mans nicht leicht
das ist nicht meine Aufgabe
sinnierend die Hölle, das sind die andern
du zitierst schon wieder!
ich weiß. ich kann nicht anders. überlegt. vorsichtig kürzlich stieß ich auf einen Satz, der ...
ja?
... der mir passend erschien. sogar radikaler
laß hören!
aber tadle mich nicht wieder, daß ich zitiere
du hast ja brav zugegeben, daß er nicht von dir stammt. also?
hell is empty, and all the devils are here
great. dann sind du und ich auch Teufel
du sagst es
und was ist dann mit dem Himmel?
was soll mit ihm sein? von dem war nicht die Rede
indirekt schon
wie meinen?
wo es eine Hölle gibt, muß es auch ihr Gegenteil geben
nicht unbedingt
doch. das ist nur logisch
logisch ist bei der Materie gar nichts. außerdem – was, wenn es nichts anderes gibt als die Hölle?
dann ist es keine. denk an Licht und Schatten
die alten Metaphern
aber immer noch von Gültigkeit

weil sie so tun, als bildeten sie die Wirklichkeit ab. beziehungsweise als würden sie sie deuten
wie Himmel und Hölle
die Hölle **ist** real. weil wir in ihr leben
leben wir denn?
so weit waren wir schon
und was ist dann mit dem Wunder?
was meinst du?
darf ich dich zitieren: wir sind am Grund einer Hölle, von der jeder Augenblick ein Wunder ist
überlegt betreten richtig … weil … weil … wir weiterleben
leben wir denn?
du wiederholst dich
ich weiß. immer noch besser als zitieren
nachäffend wie Espenlaub?
das hast du dir gemerkt. aber im Ernst: leben wir wirklich? oder anders ausgedrückt: kann man das leben nennen – auf dem Grund der Hölle?
nicht der; einer! von der jeder Augenblick ein Wunder ist
aber worin besteht denn dein Wunder?
nicht mein; das! ein essentieller Unterschied
wie du meinst
überlegt hm … im Aushalten. im Weitermachen. im Durchhalten. im…
ist das der Weisheit letzter Schluß? das Aushalten, das Weitermachen und Durchhalten, anstatt …
anstatt was?
Widerstand zu leisten
gegen die Hölle?
warum nicht? oder besser: gerade gegen die Hölle
gegen den Himmel hat die Revolte schon nichts genützt, und da soll sie ausgerechnet gegen die Hölle siegreich sein?
warum nicht? einen Versuch ist es allemal wert. oder mehrere

überlegt dann aber stimmt mein Satz nicht
du meinst?
listig die Revolte beginnt mit dem Umformulieren, mit der Sprache, den ... den treffenden Wörtern
trefflich! wie lautet er dann?
halt halt! nicht so schnell! da kommt so manches ins Rollen
soll es nur
da bleibt kein Stein auf dem andern
ironisch *ich dachte, wir sind Baumeister des Neuen*
es betrifft sogar Gott!
laß den alten Spielverderber aus dem Spiel!
ich gebe zu bedenken: beim Himmel ist er uns erhalten geblieben
das ist etwas anderes. dort ist er Hausherr. in die Hölle wagt er sich nicht vor
listig wie sagte wer so schön: wo es einen Himmel gibt, muß es auch sein Gegenteil geben
du bist ganz schön hinterhältig. heißt das dann, daß Gott auch der Hausherr der Hölle ist?
diese Möglichkeit müssen wir in Betracht ziehen
unangenehm. und nicht ungefährlich. Pause *trotzdem: wie lautet also dein Satz?*
überlegend wir leben auf dem Grund ... eines Wunders, von dem ...jeder Augenblick ... die Hölle ist
fröhliches Gelächter

die Frage

so könnte Leben entstanden sein
wie bitte?
ich sagte: so könnte Leben entstanden sein
ich verstehe nicht
da findet man ein Getreidekorn in einer Höhle
wo?
in einer Höhle … in Südfrankreich … Spanien
warum nicht in Namibia?
meinetwegen. warum eigentlich Namibia?
ich meinte ja nur
dort ist überall Wüste!
das macht die Sache reizvoller
du weißt ja noch gar nicht, worum es geht
ich meinte ja nur
also gut. da findet man also ein Getreidekorn in einer Höhle … in Namibia
und weiter?
laß mich ausführen!
aber nicht zu ausführlich!
ich muß auch gar nichts sagen
nein nein. red nur zu. ich bin schon ganz gespannt
da findet man also ein Getreidekorn in einer Höhle in Namibia
das sagtest du schon. zwei Mal
wenn du mich nicht immer unterbrechen würdest!
nur zu! weiter!
da findet man also ein usw. usw., legt es in eine Grube vorm Höhleneingang und gießt ein wenig Wasser dazu
wieviel?
keine Ahnung. ein wenig, hat es geheißen
ein wenig ist zu ungenau
eine Handvoll meinetwegen

da geht aber nicht viel hinein. und es geht auch einiges verloren
es brauchte auch nur ein Weniges
nun gut. und was weiter?
es keimte. nach tausendjährigem staubtrockenem Schlaf begann es zu keimen!
das hätte es nicht tun sollen
wie bitte?
ich sagte: das hätte es nicht tun sollen
warum nicht?
es wäre viel erspart geblieben. der Welt. uns
ich verstehe nicht
du sagtest, so sei Leben entstanden
ich sagte: so könnte Leben entstanden sein. das ist etwas anderes
eine Möglichkeit
eine Möglichkeit. eine Mutmaßung. eine –
ich versteh dich schon. es bedurfte Wassers, um –
richtig. das Wasser –
dann war die Wüste zu wenig trocken
das war ja nur eine Annahme. du redetest von Namibia, nicht ich
außerdem: woher kam das Wasser?
was weiß ich. das werden die Forscher dabeigehabt haben
nein, ich meinte damals, als das Leben –
keine Ahnung. nur – ohne Wasser kein Leben
mit einem Staubkorn wäre das nicht passiert
doch
niemals!
bedenke: der Mensch wurde aus Lehm erschaffen
aus Lehm?
aus Lehm
woher hast du das?
so steht es geschrieben

geschrieben steht viel
memento, homo, quia pulvis es et in pulverem reverteris
wir hätten Staub bleiben sollen
das lag nicht in unserer Hand
leider
außerdem: hat man dich gefragt, ob du auf die Welt kommen willst?
ich hätte nein gesagt
das sieht dir ähnlich
ich seh meinen Eltern ähnlich. das reicht
immer so negativ
mir geht das Staubkorn nicht aus dem Kopf
es war ein Getreidekorn!
das Getreidekorn. wie kam es eigentlich in die Höhle?
woher soll ich das wissen? Wind?
es hätte weiterschlafen sollen
das lag nicht an ihm
dieser ganze Aufwand! aus dem Staub sich erheben, nur um zu ihm wieder zurückzukehren!
du vergißt, was dazwischen liegt
im Gegenteil. ich weiß das nur zu gut. ob sich das lohnt –
das ist nicht die Frage
das ist die Frage!

IV

Mythen

wir wohnen gerade der Genese eines neuen Mythos bei: es ist möglich, ungebremst an eine Hauswand zu knallen und das zu überleben. bloß ein paar Schrammen, im schlimmsten Fall der eine oder andere Knochenbruch. aber schlimmste Fälle nehmen wir nicht an

ein weiterer Mythos (der allerdings schon länger besteht und bereits ein paar Risse bekommen hat): es gibt auf der endlichen Erde Unendliches. Logiker und Mathematiker (die nicht immer einer Meinung sind) winden sich bei der Vorstellung unter Schmerzen

der älteste Mythos: daß der Mensch bei Sinnen ist und Verstand besitzt. da macht sich aber das Hirn etwas vor. gut, daß nicht auch noch Niere und Leber denken können. nicht auszudenken, wie unser Speiseplan dann aussähe. kanniballistisch

zurück zum jüngsten Mythos. da ist alles erlaubt, nur eines nicht: bremsen. wer bremst, gibt zu, daß er sich geirrt hat oder geirrt haben könnte. undenkbar: homo sapiens hat die sapientia mit dem Löffel gegessen. den er demnächst abgeben muß

Vorkehrungen

seit kurzem treffe ich Vorkehrungen. ich weiß zwar nicht wofür, aber ich treffe sie. ich kann nicht einmal sagen: für alle Fälle. denn alle ist mir zu viel und zu unüberschaubar, und Fälle kenne ich keine, zumindest keine, für die es sich lohnte, Vorkehrungen zu treffen. daß ich es dennoch tue, hat nichts mit Angst oder Ängstlichkeit zu tun. wenn dem so wäre, müßte ich es wissen. aber ich weiß es nicht. ich weiß überhaupt wenig. aber daß ich Vorkehrungen treffe, das weiß ich

ich werfe weg. das tue ich. Papiere, Schnipsel, mit und ohne Eselsohren, aber alles beschrieben. dicht und mit kleiner Schrift, die niemand entziffern kann. selbst ich nicht oder nur mit größter Mühe, die sich nicht lohnt. immer verwandeln sich die Buchstaben in kryptische Zeichen, auf die sich einen Reim machen soll wer will. ich will längst nicht mehr. wozu das alles aufbewahren, wenn es am Ende Eingang findet in Ordnern und Archiven oder irrtümlich weggeworfen wird? das kann ich gleich besorgen, und zwar tümlich und bei klarem Verstand

die Vorkehrungen, die ich treffe, betreffen nicht nur Papiere aller Art, sondern alles, was mich behelligt oder behelligen könnte oder es tun wird, wenn es soweit ist. wann es das sein wird? keine Ahnung. es kann nächste Woche sein, morgen schon, vielleicht schon jetzt. dann allerdings handelt es sich nicht um Vorkehrungen, sondern – wenn man so will – um Nachkehrungen. weil ich zu spät dran war. ich bin immer zu spät. auch mit diesen Zeilen: habe ich sie geschrieben, sind sie nicht mehr aktuell, aber bedroht. ich kann sie nicht mehr löschen, aber wegwerfen. was ich hiermit tue

etwas passiert

etwas passiert. was, kann ich nicht sagen, ich weiß nur, ich lese Wörter wie Blätter auf, fülle Blätter mit Wörtern. ob limitiert oder doch begrenzt, läßt sich nicht sagen. noch oder doch vielleicht nie. jedenfalls wandert das meiste in den Kübel, den ich Tage später leere. Blätter zu Blättern. wie es sich gehört. das Ungehörige behalte ich

etwas passiert. was, kann ich nicht sagen, es geht zu schnell vorbei. auch vorüber. passiert mich, aber nicht mir. oder auch das. Streifen, Lichtreflexe, Rauschen. und schon bleibt mir nur das Nachsehen, ein Schauen ins nächtlich Unbestimmte. so mutiert man zum Schlußlicht, dem man gerade erst hinterhergeblickt hat

etwas passiert. was, kann ich nicht sagen. nein: wird. zu Mus, zum Beispiel. Hirn, zum Beispiel. aufgeweicht und durch ein Sieb gepreßt. schlagzeilig, modeerschöpft, von allen bösen Geistern verlassen. aber auch hoffnungsdick, dem Wassermann vertrauend. when the moon is in the seventh house. tanzbar bis zur Bewußtlosigkeit

etwas passiert. was, kann ich nicht sagen, nur daß mir. immer mir, aber nicht nur. was geschieht geht uns alle an, las ich. oder schrieb ich. was weiß ich. ist ohne Bedeutung. von Bedeutung ist, daß am Anfang des Deutens das Deuten steht. unmißverständlich mißverständlich. hätten wir das fortgesetzt, es wär uns das alles nicht passiert

wir halten Kurs

was wir sehen über den Wellenkämmen: das Haar der Berenike. unwidersprochen die Hoffnung auf Land. in Sicht Weite und kein Turm, der uns die Finsternis erhellte. Lichtjahre entfernt la belle époque des Lumières. die liegt noch vor uns, wenn sie denn wo liegt und nicht ein Gespinst ist. Gaze oder gaze, ist das die Frage?

nicht aufgeben. und nicht lassen. das Sein bestimmt das Sein, so stehts in keinem Lehrbuch. gesagt, getan: gegen den Strich gebürstet wird nicht nur das Haar. ich denke, also bin ich hier. falsch verbunden. schlimmer: kein Anschluß unter dieser Nummer. der Knoten muß gelöst und neu geknüpft werden. Mann, reiß das Steuer herum!

hört ihr das Knirschen der Bretter, die nicht die Welt bedeuten? das Hämmern? es ist nur die Nagelprobe. ob das Boot dem Kämmen standhält? dieses Auf und Ab kann nicht gesund sein und erst recht nicht das Hin und Her. auf dem Wasser so viel Platz, und wir drängen uns hier zusammen. egal, was vor uns liegt: wir halten Kurs

tödlich

das Boot singt – kein Schreibfehler! –, es singt, tanzend auf Schaumkronen und in Wellentälern, es singt sich den Tod herbei, die Erlösung, Befreiung von Angst und Überlebenswillen, vielstimmig reitet es den blinden Ozean, singt, bis es sinkt

man gewöhnt sich an vieles, an alles, fast alles: wenn der Schrecken anhält, verliert er seinen Schrecken, wird vertraut, fast ein Freund, der uns schreckt, wenn er aufsteht und geht, vielleicht nicht mehr wiederkehrt

nur der Tod ist tödlich, sagte einer, der die Wahrheit in Form eines Gewehrs trug, und bedachte nicht, daß es die Einwilligung des Lebens braucht, um töten und sterben zu können. wie machtlos ist doch der Tod!

c'est la vie 2

in die Nähe der Fangeisen geraten, aber nur in die Nähe. wo sie genau liegen, weiß keiner. das ist ja der Clou: jeder Schritt kann dein letzter sein. das lehrt beten und betteln. und seinen Kopf klug bewahren. kopflos läßt sich der Welt nicht begegnen

das Wesen der Welt, ähnlich unzutreffend wie ihr Gewicht. beides hat sich mir nie erschlossen. vielleicht weil keines existiert? wer stemmt das Gewicht der Welt? Atlas ist schon lange in die Knie gegangen. er weiß nicht, was das ist: Welt

aber was Fangeisen sind, weiß ich. auch Minen kenne ich. beider Geräusche sind unverkennbar. und immer ist dann einer weniger. c'est la vie, sagen die Unerfahrenen. die Erfahrenen schweigen, sind schon fort und voraus. adieu

anyway

anyway schlägt sich auf die Seite, fragt sich nur auf wessen. selten tritt er beiseite, niemals zurück. seine Richtung ist das Vorwärts, Stillstand kennt er nicht. avanti! ist die Devise, Kleingeld schlägt er aus allem. das bringt ihm Anerkennung, und die Musik der Münzen gerät ihm unversehens zur Symphonie. mit dem Paukenschlag geht alles viel leichter

anyway tritt auf der Stelle. das hat keiner erwartet, am wenigsten er. also stellt er das Stellwerk um, und schon geht es wieder weiter. daß er dabei Ruinen hinterläßt, bringt ihn nicht aus der Fassung. solang alles im Rahmen bleibt, ist alles gut. und schön, daß ers uns gibt. das heißt, er nimmt uns wahr, das heißt, er nimmt uns ernst, das heißt, er nimmt uns

anaway. ein Wort, ein Gefühl, ein Programm. wo auch immer er hinkommt, er weiß es besser, empört sich, weiß es noch besser. nein, am besten, wie der Hase läuft. zick-zackig. mit stolzgeschwellter Brust, die Finger an der Hose. naht das Rettende auch? anyway weiß es. anyway wird es sagen. anyway – kein Zweifel, schon gar nicht angebracht – anyway ist es

gleichnishaft

es geht nicht voran, nur weiter. den Steinen im Weg zum Trotz. den Marschliedern zum Trotz, den Kapellen am Wegrand, den Kreuzen, wo sich die Irrungen teilen. den geschändeten Gipfeln zum Trotz. was werden wir heut Abend essen? das Brot von morgen und was von übermorgen übrigbleibt. ungesegnet. unbeherzigt. die Fische stinken schon, und das ist kein Gleichnis

alles kontaminiert. kein Schritt, der nicht auf Gräber tritt. mit und ohne Reim, den wir uns drauf machen. unrein wird akzeptiert, aber nur in diesem Fall. ansonsten gilt: das Land muß wieder rein werden. deshalb: let's play ‚poison'! ein guter Weg, den Weg freizubekommen. die Kriegerdenkmäler harren schon lang neuer Namen. die können sie bekommen. und auch das ist kein Gleichnis

weß' Genick ich brech, deß' Brot ich eß. eine alte Kochbuchweisheit, ein Destillat aus bewährten Rezepten und apokryphen Quellen. womit wir wieder bei Emmaus sind, das ohne Lukas unbekannt geblieben wäre. eine Geste des Segnens und Kreuzschlagens, erhalten geblieben wie die Kniebeuge und das Zukreuzekriechen. und schon kommt man weiter, nur nicht voran

Zinn

der Handel mit Zinnsoldaten hat merklich nachgelassen. das kann ich verstehen: das Geschrei beim Biegen des Materials ist nicht jedermanns Sache (Frauen sind in diesem Fall außen vor). von Material sprachen übrigens nicht nur die Generäle, sondern auch die Lehrer; unsere Lehrer. non scolae sed vitae hat man uns eingebläut, daß uns schwarz vor den Augen wurde. manche verloren darüber das Bewußtsein und schieden vorzeitig aus, ohne die Reife zu erlangen. wär vielleicht besser so. kann ich aber nicht beurteilen, ich bin ja reif

der Handel mit Zinnsoldaten ist regelrecht eingebrochen. das kann ich verstehen: welcher Junge spielt heute noch mit reg- und regungslosen Figürchen (Mädchen sind in diesem Fall außen vor), wo er doch mit Mausklick und Joystick ganze Heerscharen von Bösewichteln in Flammen aufgehen lassen kann. und wenn er einmal getroffen wird und stirbt, gibt es in der nächsten Runde eine Auferstehung ganz ohne Gott und Erlöser. Erlöser ist er ja selber. ob es nach dem Tod weitergeht, kann ich nicht sagen. ich lebe ja noch

der Handel mit Zinnsoldaten ist aus den Geschäften verschwunden und hat sich ins Netz verlagert. das kann ich verstehen: Sterben, leibhaftig und in Echtzeit, ist viel geiler (Frauen sind in diesem Fall miteingeschlossen) und führt zu ungeahnten Orgasmen, die im Bett unvorstellbar wären. und man macht sich dabei auch nicht schmutzig, es gibt keine Geruchsbelästigung, und die Flecken – ob rot, ob gelb ist einerlei – sind mit einem Wisch weg. veni vidi vici. das haben wir gelernt. das hab ich behalten und beherzigt

begriffsstutzig XL

ein Geburtsfehler, wenn nicht gar ein vorgeburtlicher Schaden, verursacht durch zu viele Gebete Mutters, die ich abgehört habe, abhören mußte und internalisierte. mens sana in corpore sano. das sagt sich so leicht, stimmt aber nicht: Mutter war kerngesund und ich in der Folge ein krankes Kind, das viel und oft zuhaus bleiben mußte

ich fühl mich nicht zuhause. das galt im Mutterleib schon und danach und erst recht hier und jetzt. die Frage ist nur: gibt es das überhaupt? beim Vaterland und Vater Staat ein striktes Nein, bei Heimat ebenso. wenn ich nach Hause geh, weiß ich zwar den Weg, nicht aber das Ziel. das ist nur ein Haus, mehr aber schon nicht

von Haus aus störrisch nein verstört nein gestört immer die Nabelschnur um den Hals nur die Äste nicht hoch genug und der Himmel zu tief für die Stirn daß die Wunde und Male nicht heilen das Gesicht so entstellt daß du schauderst beim Blick in den Spiegel Spieglein an der Wand wer ist du weißt schon im ganzen Land

das Land von Krämpfen geschüttelt und in Brand gesetzt Muttersprache Mutterlaut wie so wonnesam wer traut sich dagegen nur sagen nur sagen daß er nicht und niemals mehr heim kehrt den Ofen die Schlacke die Asche der Gang in die Urne noch fällt er noch fällt er zu schwer

ruhe sanft

ruhe sanft, haben sie mich geheißen. ruhe! und: sanft! dabei gibt es keine sanfte Ruhe, nur ein Aufbäumen, ein Sich-zur-Wehr-Setzen, und wenn das nichts nützt, ein Liegen, ein Hingemäht-Sein, aber keine Ruhe und schon gar keine sanfte. auch das Ruhekissen ist keines, und ebenso wenig sanft. ich kann nicht verstehen, wie man auf die Idee kommen konnte, ein Kissen für die Ruhe zu verwenden, noch dazu ein sanftes, eher für den letzten Atemzug. aber dazu braucht man schon fremde Hilfe, es sich selbst besorgen gelingt einem nicht. da, nimm, sagte der Alte und drückte seiner Frau ein Kissen aufs Gesicht, nimm und erstick! das heißt, er sagte es nicht, dachte es nur, aber man hörte seine fünf ungesprochenen Worte, während er mit all der ihm zur Verfügung stehenden Kraft das Kissen niederdrückte und die Frau darunter strampelte, aber nur kurz. dann lag sie still, aber sie ruhte nicht und auch nicht sanft, und der Alte brauchte lange, bis er wieder zu Atem kam, auf der Bettkante sitzend, mit hängenden Schultern und im Bewußtsein, daß er dem Rest des ihm zur Verfügung stehenden Lebens soeben jegliche Sanftheit ausgetrieben hatte. ob er jemals seine Ruhe wiedergefunden hat, ist nicht überliefert. es darf bezweifelt werden

falling and failing

nicht ausweichen dem Stein des Anstoßes. wer tritt den Ball? der das Nachsehen hat. nicht die Nachsicht. die zu üben haben wir uns längst abgewöhnt. vergeblich wie das Vergeben im Vaterunser. das beten wir schon lange nicht mehr. oder weniger umsonst. aber teuer zu stehen kam uns das schon. Bezüge entfernt: der rauen Wirklichkeit gilt es standzuhalten. deshalb manchmal die Feigen von Ohr zu Ohr. Rohrstäbchen nicht ausgeschlossen. aber auch Lineale geeignet – bevorzugt aus Holz –, über Finger und Hände Lebenslinien zu ziehen. da bleibt kein Auge trocken, und bei manchen schließt sich sogar eines. wer da die Finger im Spiel hatte, wird nicht ausgeplaudert oder, wenn es denn sein muß, vorsorglich ausgeschlossen. ist das nicht gut? und wer fällt, bekommt die Chance, wieder aufzustehn. das ist nur fair. wer liegenbleibt, war die Chance nicht wert. oder würdig. oder beides nicht. wahr? ist, was wir dafürhalten. begriffen? gut. erste Lektion und auch letzte: mach dich klein, Kleiner, und du, Kleine, mach dich noch kleiner. wer aus der Deckung geht, tut dies zum letzten Mal

Anrufbeantworter

dies ist nicht meine Stimme. sie tut nur so als ob, aber ich habe ihr meine echte geliehen, vor längerer Zeit, und alle, die mich kennen, erkennen mich wieder und wissen, sie haben die richtige Nummer gewählt

manchmal ruf ich mich selber an, nur um meine Stimme zu hören. sie klingt mir fremd – allen ist die eigene Stimme fremd –, auch wenn ich weiß, das habe ich gesprochen; damals zumindest habe ich gelebt

sprechen Sie nach dem Pfeifton und pfeifen Sie nicht auf das Sprechen, war der Text eines Freundes. ich habe ihm immer was gepfiffen, nie eine Nachricht hinterlassen. ich hinterlasse ungern etwas

hier ist der Automat von NN., sprechen Sie … schrecklich. eine Einladung, schnell wieder aufzulegen. ich spreche mit keinen Automaten und erst recht nicht, seit eine KI Texte schreibt in meinem Stil, nur bessere

dies ist nicht mein Text. dies sind nicht meine Wörter, Worte schon gar nicht. dies ist nicht, was ich sagen wollte, wenn ich etwas sagen wollte, aber ich will nicht, ich hör nur zu. dies bin wahrscheinlich nicht einmal ich

über Wahrheit

der Handschlag soll mich treffen, wenn wahr ist, was ich erzähle. Schulterklopfen genauso ausgeschlossen (wenngleich bisweilen unvermeidbar). wer einen lobt, sollte man sich aussuchen dürfen. darf man aber nicht. zumindest nicht bei Vernissagen, Buchpräsentationen, Preisverleihungen, stattlichen Auszeichnungen und dergleichen

und dergleichen ist besonders gefährlich. neulich stellte sich mir einer auf offener Straße in den Weg und grölte: dich kenne ich vom Fernsehen! toll, wie du spielst. als ich erklärte, noch nie im Fernsehen aufgetreten zu sein, rief die Person: nur nicht so bescheiden! dabei klopfte sie mir auf die Schulter, als handle es sich bei mir um einen Teppich

das ist natürlich erlogen, aber deswegen nicht weniger wahr. wahr ist, was man für wahr hält. kürzlich schrieb ich im Internet: würde ich behaupten, auf dem Mars lebten grüne Männchen und bestimmten unser Leben, und fände ich Anhänger, könnte ich eine Religion gründen. ein Spaßvogel erwiderte, er sei der Meinung, die Männchen seien blau, womit wir bereits ein erstes Schisma hätten

das ist natürlich auch gelogen. das war nämlich kein Spaßvogel, sondern ein philosophisch und religionssoziologisch denkender und argumentierender Mensch. der noch dazu recht hat. ich schrieb nämlich nur zum Spaß von grünen Männchen. in Wahrheit sind sie nämlich rosa und weiblich. aber das verrate ich erst, wenn ich genügend Anhänger um mich geschart habe

wahre Freundschaft darf nicht wanken. auch wenn der Grund dafür unlogisch, peinlich oder längst vergessen ist. treu bleibt treu und wahr bleibt wahr. wir wollen niemals auseinandergehn, brüllte Heidi in den Äther und in jeden Haushalt. aushalten konnte man das nur schwer. aber man gewöhnt sich an – fast – jede Unwahrheit. darauf laßt uns einschlagen

Grammatik (1)

Verben ohne die Hilfe anderer. allein. fassungslos. erblindet, aber hellsichtig. den Rahmen geben die Punkte vor, dazwischen ist alles möglich. fast alles. überleben nur in seltenen Fällen. zum Beispiel wenn nicht genug aufgepaßt wird. oder jemand schaut zum richtigen Zeitpunkt weg und läßt weiterkonjugieren. Tabellen müssen aber gefüllt werden. na also, geht doch! nur nicht weiter. oder besser: nur bis dahin. dahinter wartet das Futur exakt passiv. von verbrennen zum Beispiel. oder man greift, um die Sache abzukürzen, zum Substantiv. Rauch. punktum

was wäre gewonnen, ließe man die Verben weg, vertraute man dem sogenannten – als sehr deutsch empfundenen – Nominalstil? das Schlagen setzte sich fort wie das Brennen, und das Sterben fände kein Ende. Großmutter, was hast du für große Zähne? nein, nichts wäre gewonnen. auch Märchen haben ein Ende. ob dieses schlüssig ist, bleibt dahingestellt wie die Verurteilten gestern vor der Mauer mit den vielen Einschlüssen, die keiner gewillt ist zu entfernen. entfernt wird anderes, und zwar gültig, wie es richtige Enden so an sich haben

aber so weit sind wir noch nicht. die Frage nach dem passenden Schluß ist noch immer nicht gelöst. auch wenn es den Betroffenen ziemlich egal sein wird, ob sie ein Verb oder ein Nomen um ihre Existenz gebracht hat, für uns ist es von nicht zu leugnender Bedeutung. es geht um nichts Geringeres als die Frage, ob sich das Geschriebene flüssig liest oder eine Holprigkeit auch hinter dem Berichteten vermuten läßt. die Ästhetik des Handelns läßt Rückschlüsse zu auf die Ästhetik des Behandelten. zeig mir, wie du sprichst, und ich sage dir, wie du bist

aus und Flucht

der Ausflüchte müde. und der Flüche. die einen negieren den Abgrund und den Weg dahin, die andern finden sich mit ihm ab, indem sie sich nicht mit ihm abfinden. das Drama nimmt seinen Lauf und findet kein Ende. gut, alles gut, kurz und gut, kurz und klein, schlagen, vielleicht nicht alles, aber vieles, das meiste schon, vielleicht doch alles, aber alles ist nicht zu finden, irgendwas bleibt immer verborgen und übrig, verborgen oder verbogen, wer kann das schon sagen und schreiben, über sieben Brücken mußt du gehn, wieso sieben und wo sind die Brücken, wo dem Abgrund die andere Seite fehlt

weiter. weiter gehts nicht, gings eigentlich nie, oder wenn, dann zu weit, zu weit sind wir schon jetzt, jetzt sind wir, wo wir nie hinwollten, deshalb sind wir jetzt da. zum Dadaismus fühlten wir uns schon immer hingezogen, dieser spielerische Umgang mit dem, was wir Welt nennen, Wult wäre natürlich besser, aber das Wort gibt es nicht (jetzt schon) und deshalb auch kein Verständnis, das uns ohnedies immer fehlt, obwohl es uns nicht fehlt. wer nichts versteht, versteht auch nicht, daß er nichts versteht. Kannitverstan ist unser Idol, dem wir nacheifern, ohne es je zu erreichen

was uns am Ende erwartet? nichts. da ist nämlich nichts, das uns erwartet. auch nicht das Ende und auch nicht der Tod, die bringen wir schon selbst mit wie ein Gastgeschenk, das keiner annimmt, weil es keinen Gastgeber gibt. kein, nie, nicht und niemand, Haupt-, Zeit- und Eigenschaftswörter in einem, Wortschätze, die wir hüten wie weiland Alberich den Hort. aber nicht versenken. nur uns. und sich. ins Wörterbuch zum Beispiel. was man da alles über sich erfährt! man lebt zwar nur einmal, stirbt aber viele Tode. da kommt es auf einen mehr auch nicht an. deshalb: keine Ausflüchte und keine Flüche!

falls

wie lang liegt der Beginn der Unerträglichkeit zurück? eine Dekade? ein halbes Menschenleben? oder schon bei der Geburt, als uns das Licht der Verkenntnis täuschte? geködert, dann gekadert. rechts um und marsch! die Melodie erklang schon im Mutterleib, vibrierte in der Nabelschnur, daß uns das Hören und später das Sehen verging, Einsicht inkludiert

jetzt aber! was gewesen sein wird: das Absehbare, das uns die Sinne nahm und mit ihnen den Sinn. losigkeit wird zum Prinzip erhoben und nicht mehr abgelegt worden sein. verständlich: das Zweite Futur, inexakt wie kaum ein Zweites, ward Heimat allen Losen und Losgelösten. wer sprach von Erlösung?

dem Unmöglichen Raum geben, einem Modus, der erst erfunden werden müßte, gäb es ihn nicht schon. lange vor unserer Zeit. das zu wissen haben wir lange vermieden, und noch heute gibt es genügend, die an die Vergangenheit glauben. dabei wär es ganz einfach (gewesen, sollte es heißen): der Horizont bleibt immer gleich weit entfernt, und wer ans Ziel kommt, hat sich verirrt

ungehörig, dazugehörig sein zu wollen. die Nabelschnur entpuppte sich als Seil um den Hals. aber aber, wer wird denn gleich, hören wirs tadeln und erwidern: von gleich wird nie die Rede gewesen sein, und fallen uns noch im selben Moment ins Wort: alles auf erden stets mit gefährden des falls. das sangen wir, ohne zu prüfen, was. jetzt wissen wirs. besser. wohl. nicht

das Monster am Horizont

Susanne, es ist Sonntag, die Woche ist fast vorbei, überstanden wieder sieben Tage ohne Hoffnung, und immer das Monster im Spiegel der Pupille, wenn wir einander zu tief in die Augen blickten

einmal drehte ich mich beinah um, weil ich glaubte, das Monster sei schon ganz nah, mit einem Zwinkern löschtest du es aus, aber nur für einen kurzen Nichtaugenblick, dann war es wieder da

immer ist es da, wohin wir uns auch wenden, das mußte ich erst lernen, den Schutzmantel der Madonna abstreifen und mir die Unschuld nehmen lassen. du lachst? ich weiß, du weißt mehr, schon immer wußtest du mehr

als ich, bis ich kapierte: das Monster in deiner Pupille und das Monster in meiner Pupille ist nicht, wie ich glaubte, am Horizont, das Monster, Susanne, wohnt näher, ist nahe, ganz nah, das Monster sind –

hoffnungslos

täglich begrabe ich meine Hoffnung von neuem. und von neuem keimt sie, hartnäckig wie sie ist. sie ist das Parkett, auf dem die Torheit tanzt, der ich kein Lob aussprechen kann. wie denn auch: ihre Zeit ist das futur inexakt, ihr Ort der οὐτόπος. hope springs eternal. dagegen ist kein Unkrautvertilgungsmittel erfunden. Hoffnung trügt und stirbt zuletzt. ersterem kann ich nur zustimmen; daß letzteres nicht eintritt, kann ich nur hoffen

mein Augur deutete stets falsch den Vogelflug. das Federvieh ist auch nicht geeignet, den Willen nichtexistenter Götter an den Himmel zu schreiben. also entließ ich ihn. jetzt hockt er in einem Blog und verheißt Gutgläubigen und Hoffnungsfrohen ein besseres Zeitalter. hop on my bus, schreibt er, es gibt noch genügend Plätze. und preist: der Preis ist nicht zu hoch und das Ziel schon ganz nah. und verheißt: unverhofft kommt oft

ich bin untröstlich: es gibt noch Hoffnung, flüsterte mir beim Vorbeigehn ein Fremder zu. und das angesichts eines herannahenden, unaufhaltsamen Unheils. und schon fast außer Hörweite: bedenkt den Samen, den ihr in euch trägt! das hat mich fast wieder versöhnt mit dem Irrläufer, sofern ich ihn richtig verstanden habe. Odysseus kenterte und verlor alle Gefährten ans Wasser. er hätte mit untergehen sollen und alle Hoffnung fahren lassen

there will come soft rains

there. ein Haus, verlassen von seinen Bewohnern. oder wurden sie vertrieben und kehrten nicht mehr wieder? das läßt sich nicht mit Sicherheit sagen. fest steht: sie haben Dinge zurückgelassen, die auf sie verweisen oder besser: ahnen lassen, wer hier gewohnt haben könnte. nun ist der Hausrat abandoned und muß für sich selber sorgen. was er leidlich gut tut: tick-tock, seven o'clock, time to get up

will. was kommen wird, ist ungewiß. noch. denn die Szenerie läßt nicht viele Optionen offen. ein leerstehendes Haus wird schnell okkupiert. nicht von Menschen, denn die sind ja fort, aber von Flora und Fauna, den zwei Geschwistern, deren Familienname so unzutreffend Natur lautet. sie können sich gut leiden, haben gelernt zu kooperieren: run, run, eight-one

come. was kommen wird? Ruinenzeit. und die Geisterstunde wird verlängert auf vierundzwanzig Stunden. wies läuft? wie am Schnürchen. so schnell kannst du gar nicht schauen, und schon ist das Haus belebt. von Hunden und Fröschen und Vögeln. die Spinnen? waren schon immer da. wie die Schaben und Asseln. der Baum sprengt gerade die Terrasse: nine-fifteen, time to clean

soft. sanft war gar nichts und sanft wird nichts sein. der Toast verschmort und ist ungenießbar, die Mausefallen voll und damit wirkungslos. worauf wartet das Haus? seine Besetzer sind schon da, haben sich die Räume aufgeteilt und mit dem Abtransport begonnen. das Ameisenheer leistet ganze Arbeit. den Rest besorgen der Wind und die irre gewordenen Elektronik: today is, today is, today –

rains. was Flora und Fauna nicht schaffen, das werden die Regen regeln. sie fallen jetzt häufiger und heftiger. das gefällt Miss Flora: sie wird immer üppiger und bekommt nicht genug. nur ihr Gedächtnis ist mangelhaft; sie vergißt so schnell. darin gleicht sie ihrer Schwester. bald ist der Tag gekommen, wo sie erwachen und would scarcely know that we were gone

V

endlos

es beginnt damit, daß es keinen Beginn gibt. das heißt: Beginn schon, aber keinen Anfang. begin the beguine. das geht grad noch. weil es gut klingt und weil es ein Ende hat nach knapp drei Minuten. alles andere wäre eine Zumutung. wenn ich den Tonarm aufsetze, beginnt die Musik. aber sie war schon vorher da, sogar schon vor mir. und der sie schrieb, holte die Melodie aus Tiefen hervor, wo sie längst darauf wartete, gehoben zu werden. wie sie dorthin kam, läßt sich nicht einmal mutmaßen. so ist das mit Schätzen und Schätzchen: sind einfach plötzlich da und lassen einen nicht mehr los. würden wir genauer nachforschen, gelangten wir zu Adam und Eva, mit denen das Unheil begann, nicht aber die Welt. bei der müßten wir etwas weiter zurückgehen. ziemlich nebulos ihr Beginn, weil er kein Anfang war. im Anfang war das Wort. hier stock ich schon: der das schrieb, hatte keine Ahnung und wußte noch weniger. denn das All, das wissen wir, begann mit einem Urknalleffekt. was davor war? die falsche Frage. so kommen wir nicht weiter

weiter vielleicht schon, aber an kein Ende. denn das gibt es auch nicht. nur Wandlung und Verwandlung. Energie geht nämlich nicht verloren (das sagen aber nicht die Metaphysiker), sie ändert nur ihre Gestalt. das erklärt, warum ich häufig müde bin: kaum denke ich, beginne ich zu gähnen, und schon schlafe ich. und träume von Blitzableitern, die mich schützen vor unliebsamen Gedankenblitzen. es reicht, daß ein Wort das nächste gibt. so komme ich in Regionen, von deren Existenz ich nicht wußte und auch keine Ahnung hatte. biblisch. deshalb schreibe ich nur selten auf, was mich an Visionen heimsucht. man könnte sonst meinen, ich sei verrückt. das aber bin ich nicht; eher die Welt ohne Anfang und Ende. diese Dimensionen gehen einem ganz schön a) unter die Haut b) zu Herzen

c) auf den Geist d) auf die Nerven. wer a sagt, muß auch b sagen. das gleiche gilt für c und d. andere Möglichkeiten sind nicht vorgesehen. wem das mißfällt, der kann ja versuchen auszusteigen. ist noch keinem gelungen. sind wir weitergekommen? ich fürchte: nein. also: Schluß aus!

begriffsstutzig XXL

Vater, dein Staat macht mir Angst. Mutter, deine Sprache ist mir fremd. bin ich eingezogen. bin ich es? bin ich es? und wieder aus. und vorbei. aber nicht vorüber. vorüber ist nichts, nicht wahr? nicht wahr. nicht war ich zu Hause zuhaus

dans mon pays, on remercie. schön wärs. wärs schön, würde ich bleiben. wär ich geblieben. so aber: nichts wie weg. wie weg? und fragt sich nur, wohin. in die Traufe, auch ohne Eisbader zu sein. gewohnt ungewöhnlich. zum Abgewöhnen

schlafwandlerisch hellwach, aber nicht mondsüchtig. weniger weit, dafür mehr Durchblick. durch und durch. durch und durch. aber kein roundabout. ich schwindle nicht gern, leicht aber schwindelt mir. oder mich. schwindelerregende Welt

Schonung, ein Wort aus der Jägersprache. unauffindbar im Idiom der sniper. immer den Finger am Abzug. eh der Hahn auch nur einmal kräht. so bist du: im Fadenkreuz der Geschichte, die kein Ende kennt. und wenn, dann ist es keines

bei Fuß: eine Vokabel aus aktualisierten Wörterbüchern. welche Breitengratwanderung nehmen wir uns heute vor? oder bleiben wir verstockt und hier? hier, wo sich nichts ausgeht, nichts weitergeht, nichts geht. nichts weiter

doch. ein Wort noch aber nicht zur Lage die haben wir schon verwörtert und gebannt nein verbannt das Verbandszeug längst ausgetrocknet nichts heilt mehr ein Wort noch ein letztes dann aber ist Schluß

im Ungesicherten

Maulwurfshügel allerorten, untrüglicher Beweis für ein Mycel aus Gängen, Höhlungen, Verwerfungen. was haben wir alles sein lassen? zu wenig, um einzubrechen, zu wenig, um ans Kap der aufgegebenen Hoffnung zu gelangen

das Ambivalente und seine Gefolgschaft. oder sollte es besser heißen Gegnerschaft? mit beiden kommt man nicht weit, nicht weit genug, eigentlich gar nicht vom Fleck. verschüttete Milch und ihre Spuren: eine Rechnung, die nicht aufgeht

vorletzte Fragen und was dabei nicht herauskommt. oder hieß es verletzte? gut möglich, daß sich Hör- und Schreibfehler einnisten, ein Mangel an Unaufmerksamkeit. was verknüpft und nicht wieder getrennt wird: das Garn des Erzählens will nicht reißen

aber jetzt. außer Reichweite lassen. das. und das. und überhaupt. selbst das Kap. was sich aufdrängt, fällt dem Maßstab zum Opfer und seiner vergilbten Skala. ist da noch was zu sehen? das wäre ein guter Beginn gar nicht weit hergeholt: das Ich liegt auf der Hand, vermeintlich, entzieht sich aber wie ein Traum, ein flüchtiger Dunst am Morgen. nur nicht zu poetisch werden! das verdirbt die Freude an der Treffungenauigkeit. sicher liegt es am weiten Land, das zu durchqueren mir nicht gelingen will. vielleicht aber auch daran, daß es die Seele gar nicht gibt. Stimme aus dem Dornbusch: ich bin, der nicht ist

wer nimmt den Ball auf und spielt ihn weiter? der Mensch ist, was er ißt. ein Kalauer, ein Zitat, das uns nicht weiterhilft. Ich ist ein anderer. das kann nicht stimmen, ich kenne nicht einmal den oder die eine Schrägstich einen. i am what i am. das sang eine tautologisch und schlug die Trommel dazu. taktlos. und so unzutreffend, daß sie einem leidtun könnte. tut sie aber nicht. letzter Versuch: cogito ergo sum. denkste

Γνῶθι σεαυτόν. damit fing alles an. doch wozu Erkenntnis, wenn sie in die Irre führt? weil die Irre die wahre Heimat des Ichs ist? irren ist menschlich. wer hat das gesagt? viele; eigentlich alle. außer Diktatoren und notorische Besserwisser. die haben keine Ahnung. mir schwant, worauf du hinauswillst: Ich ist, falls es existiert, ein Wir. gut, dann fangen wir an: was ich bin, ist rasch vorbei, fort und geführt. ad absurdum

Grammatik (2)

Wünsche gibt fraglich der Konjunktiv wieder, Vermutungen hausen im Futur exakt. so ist das mit der Sprache, wenn sie sich nicht an die eigenen Regeln hält. und Regeln, das weiß jedes Kind, sind dazu da, um gebrochen zu werden. gestern, im Sturm, verabschiedete sich ein Ast von seinem Baum. wird wohl morsch gewesen sein. heute im Gartencenter: was hättens denn gern? unmöglich, wie schnell die Wirklichkeit zur Unmöglichkeit mutiert

das Unmögliche ist die Herausforderung der Wirklichkeit und die Utopie der Spiegel unerfüllbarer Wünsche. hätte wäre würde gerne. das Gerne ist der Garant wenn nicht der Zukunft, so wenigstens der Wünsche im Präsens. das Partizip II wiederum macht alles zunichte. gehabt getan gewesen. das wars dann wohl

aber es geht noch weiter. oder doch. das Naheliegende und seine Angewohnheit, sich bei näherer Betrachtung in die Ferne zurückzuziehen. doch das führt zu weit und geht über die eigentliche Grammatik hinaus. wo war ich stehengeblieben? bei Nebensächlichkeiten, die direkt ins Herz der Dinge zielen. die vielen Arten der Befehlsform und wie man sich taubstellen kann. das wars für heute

augenscheinlich

beschwichtigen ist kein gutes Wort: es läßt zu vieles unfertig stehen, das gärt dann und treibt ungeahnte Blüten. oder schlimmer: tritt eruptiv hervor und hinterläßt verbrannte Erde. immer auf dem Rückzug: so hab ichs nicht gemeint. wie: so? so gar nicht; eigentlich überhaupt nicht; so nicht und anders auch nicht. darf ich das Gesagte zurücknehmen? nein, darfst du nicht und kannst du nicht. so oder so unähnlich laufen die Gespräche und etwas ganz ungehörig schief. Lage: beschissen

ich versöhne mich auch ungern und nur selten. so wie ich mich noch seltener vertöchtere. unversehens gerät man in Verwandtschaftsverhältnisse, die einem nicht recht sein können und aus denen man nicht so leicht wieder herauskommt. wenn überhaupt. Freunde kann man sich aussuchen, auch falsche, nicht aber Brüder und Schwestern, und hat man die einmal am Hals, gibt es Familienfeiern mit vielen schlechten Erinnerungen. da bleibe ich lieber allein und blicke unverwandt ins Leere

das wird mir eine Leere sein. Schreibfehler inkludiert. was ich daraus ziehe? Schiefer, die ich mir eingetreten habe, und Splitter, die das Gesichtsfeld beeinträchtigen, vor allem das der anderen. mein rechtes Auge juckt mich nicht und verführt mich auch nicht ohne mein linkes. so gesehen bin ich blind für die Hölle und für den Himmel schon allemal. here's looking at you, kid. das stand nicht im Drehbuch, und das meine habe ich verlegt. da gibt es nichts zu beschwichtigen

besser wissen

wider besseres Wissen sage und tu ich nichts. ich weiß nicht einmal, ob ich wirklich etwas weiß, und wenn, dann besser schon gar nicht. woher soll ich auch wissen, daß das, was ich weiß oder besser: zu wissen glaube, besser ist als das, was ich nicht weiß oder nicht zu wissen glaube? deshalb fälle ich auch keine endgültigen Urteile. erstens bin ich kein Richter, zweitens weiß ich nicht, ob das Gültigkeit besitzt, was ich gerade meine, und drittens ist mir das zu endgültig. kommt danach nichts mehr? und wenn doch, ist es nicht weit her gewesen mit der Endgültigkeit

einen Standpunkt vertrete ich auch nicht. ich bin lieber unterwegs, und kaum bin ich wo angekommen, war ich schon zu lange da. außerdem bin ich kein Stellvertreter eines Punktes, der überdies nicht stehen kann und keine Ausdehnung besitzt, also quasi eine Null ist. das bin ich nicht und will ich nicht sein. Punkte können außerdem nicht wandern, was meine Domäne ist. das Ankommen liegt mir nicht so, aber im Aufbrechen hab ich es zur Meisterschaft gebracht, würde ich das Wort Meister akzeptieren

i'm on the road to find out sang einer, der es besser hätte wissen müssen und dennoch auf Abwege geriet. so ist das mit dem besser wissen: im Nachhinein ist man selten klüger – man glaubt das nur – und weiß oft nicht einmal, wo und warum man falsch abgebogen ist. und wenn, hilft es einem auch nichts. hier stehe ich, ich kann nicht anders, sagte ein Besserwisser in einer Runde von Besserwissern. was sie alle nicht wußten: daß der, auf den sie sich alle beriefen, nicht existiert. aber das weiß ich auch erst seit kurzem. aber nicht besser

Fäden

ich habe aufgehört, das Erstbeste zu meiden und das Beste zu nehmen, und begnüge mich mit dem Zweit- und, wenn es das gibt, dem Drittbesten. mich selbst reihe ich hinten ein, hinten, aber nicht ganz; hinter dem Vorvorletzten; der Letzte zu sein wäre zu viel der Ehre. Ehre oder besser: Ehrgefühl ist mir fremd. ich duelliere mich auch nicht gerne, genauer: gar nicht, ich wüßte auch nicht, mit wem und warum und worum. die Wahl der Waffen hat mich schon immer überfordert. mir reichen schon die Härtegrade von Bleistiften, mit denen ich neuerdings Wirklichkeiten erforsche. ich suche aber nicht (ich wüßte nicht wonach), ich finde einfach. und noch lieber verliere ich. Fäden zum Beispiel. das Garn des Erzählens ist mir ohnehin suspekt und vor längerer Zeit ausgegangen. wäre dem nicht so, ich hätte damit aufgehört. jetzt gilt es, der Versuchung zu widerstehen, den Faden wieder aufzunehmen und das Labyrinth zu verlassen. mir liegt der Gang vor die Hunde, und nichts ist so ausweglos wie der rettende Sprung

sammeln und verlieren

ich habe mich aufs Sammeln verlorengegangener Dinge verlegt. einmal verschwunden, tauchen sie nicht mehr auf, und wenn, dann sind sie nicht mehr wiederzuerkennen. Reißnägel zum Beispiel: machen sich einfach davon, wenn man nicht ganz bei der Sache ist, und kommen zurück, eingetreten in Fußsohlen und verwechselbar mit Schmuck. wäre da nicht der Schmerz. der verhindert, daß ich von Leidenschaft spreche. oder von Rosenkranz, obwohl ich nicht selten Perlen vor die Säue werfe. was das heißen soll? woher soll ich das wissen, ich rede nur so daher

was ich besonders gern sammle, sind verlorengegangene Bücher. auf diese Weise entstehen Lücken in meiner Bibliothek, die nicht zu füllen sind, da ich nicht weiß, was da früher gestanden ist. und ein x-beliebiges Buch stelle ich nicht als Platzhalter hin. Platzhalter wovon? eben. so kommt es, daß die Lücken immer größer und die Bücher immer weniger werden. ich sammle, könnte man mit Fug und Recht behaupten, Leere. ich behaupte allerdings nichts, und mit Fug und Recht schon gar nicht. das ist mir zu verdächtig; dann schon lieber ohne Fug und rechtlos

los werde ich auf diese Weise immer mehr. nicht nur Dinge, auch Wörter und die dazugehörige Bedeutung (wenn es denn so etwas überhaupt gibt und je gab). ich könnte unzählige aufzählen, wenn ich sie nicht vergessen hätte. nein, nicht vergessen, denn dann könnte ich sie ja am Ende erinnern. verlorengegangen sind sie und zwar so, daß ich sie nicht mehr finden kann. meinen Namen zum Beispiel. gestern konnte ich ihn noch sagen, heute könnte ich nicht einmal behaupten, daß ich keine Ahnung habe. oder eine. was fast auf dasselbe hinausläuft. aber nur fast

Ruinen 2

Fensterhöhlungen, Türen und Stiegen, von draußen nach draußen führend, weil keine Innenräume mehr da, weil nur noch Wände da, weil nichts mehr gilt, was war, was wahr, wahrscheinlich augenscheinbar unbegreiflich

un. sicher, erreichbar und tröstlich. un und in und ver. weil Treibung, Neinung und Zweiflung zu wenig. weil Sprechen zu viel und zu weit. weil. dazu kommt noch zer. Würfnis und Störung. passend zu Nichtung

letzt. zu lassen wir so wie ver. scheint passend und ist es auch. mummt, zum Beispiel. klingt gut, zu gut. Will und Kür. kommt der Sache schon näher. weil es trifft, aber nicht ganz und nicht den Kern. Irr und Witz. es reicht

spielend

würfeln, Augen zählen, Spielfiguren setzen. so geht es voran, falls es vorangeht und es nicht heißt: zurück in den Stall! dort herrscht betretenes Schweigen, draußen die Hackordnung. ene mene muh und raus bist du. draußen, das heißt drinnen in der Folterkammer des Wartens. dort würfelst du um dein Leben, als ginge es um dein Leben wie anno 1625. sicherheitshalber bin ich das nächste Mal stehen geblieben und habe gewartet, bis einer kommt und meinen Platz für sich beansprucht. alles johlte, als es geschah. ich hob nur die Schultern und zog mich zurück in die Wärme des Stalls. als man sich nach meinem Befinden erkundigte, sagte ich: gut; ich habe mich aus dem Spiel genommen

spielend geht gar nichts. das hab ich schon früh gelernt. nicht auf dem Brett mit den lustig bemalten Figuren und nicht auf den Brettern, die mir die Welt nicht bedeuten. nicht ist übrigens mein Lieblingswort, gefolgt von nirgends, kein und niemand. Odysseus hatte schon recht, sich umzubenennen, nur wußte ers nicht und schon gar nicht besser. Penelope hätte ein Lied davon singen können. daß sie es nicht tat, heißt nicht, daß sie es nicht tat. Homer verschwieg so vieles. ob sie Odysseus verzieh? mag sein. vielleicht sagte sie aber auch: das Spiel ist aus. ich zähle keine Augen mehr und drücke auch keine mehr zu. damit ist es endgültig vorbei. ich steh nicht mehr zur Verfügung vorläufig unwiderruflich. eine Grenze, die es zu überschreiten gilt. wie alle. bis auf eine, von der manche meinen, sie sei bloß ein Tor, ein Übergang. Übergang wohin? der Kratzer in der Rille läßt die Nadel zurückspringen. unkorrigierbarer Makel. es sei denn, man spielt deus ex machina und hebt den Tonarm weiter. tonarm ist die letzte Rille, Spur, die auf nichts verweist als auf sich. also aufs Nichts

vorläufig unwiderruflich. was kann man schon mit Sicherheit sagen. daß der Schnee weiß ist, bin ich nicht kompetent genug. so oder ähnlich lautete ein Credo, das mit Glauben nichts zu tun hat. oder auch ganz anders. wer kann das schon sagen. nur weil ich schreibe, heißt das noch lange nicht, daß ich es kann. oder nicht kann. oder daß ich schreibe. oder daß jemand die Zeilen da liest

unwiderruflich vorläufig. so hätte es lauten sollen. sum ergo cogito. daß ich nicht schon früher draufgekommen bin! aber so ist es: einmal eine Richtung eingeschlagen, und schon verfolgt man sie weiter, auch wenn die Gegend verdächtig fremd aussieht und einem am Ende nur der Sprung ins kalte Wasser bleibt. von der Klippe, versteht sich, lemminggleich. sum. das cogito kann ich mir sparen

Fadenriß

abgewrackt, abgenagt, nackt bis auf die Knochen, aber noch nicht verloren. verloren haben wir den Faden. ob er sich wieder knüpfen läßt? unter keinen Umständen, unter anderen nicht und schon gar nicht notdürftig. verrichten wir sie hinter der nächsten Ecke, dort sieht uns keiner, nicht einmal das Ungeheuer! ob es das wirklich gibt? keine Ahnung, gehört haben wir viel davon, zu Gesicht bekommen haben wir es aber noch nicht. das wäre auch das erste und letzte Mal gewesen. wozu dann den Faden suchen, er ist ohnedies wertlos, und wenn er es nicht ist, dann zumindest sinnlos wie unser Reden. eso no se discute, compadre. right, right. klingt fast wie combate, Streit, Kampf, das paßt besser, trifft den Nagel auf den Kopf und unsre Situation, sofern es dafür Wörter gibt, Wörter, Wörter, Wörter oder Worte, lassen wir das Geplänkel. abgewrackt, den Faden los. das triffts

das ist aber schnell gegangen. zu schnell, wenn du mich fragst, aber du fragst mich ja nicht, warum auch, du weißt ja ohnedies alles und auch noch besser. nicht besser und nicht alles, aber das meiste und meist. da soll einer mitkommen. warum bist du es eigentlich? weil auf mich kein Verlaß ist in diesem Verlies, diesem Labyrinth, diesem Gelaber, in dem sich keiner auskennt, auch ich nicht, auch du nicht, auch und auch und auch, da gibt es kein Entkommen und keinen Ausweg, mit oder ohne Ungeheuer, denn das Ungeheuer, das wahre Ungeheuer, aber das weißt du ja selbst, das hast du schon immer geahnt und jetzt wurde es zur Gewißheit, auch warum ich dich begleite, nicht von deiner Seite weiche und dich den Faden reißen ließ, das Ungeheuer, vor dem kein Faden rettet, na, sag es schon, sag es mir, en voz alta, loud, loud, wenn du willst πες μου δυνατά, aber sag es, sag es mir jetzt

A.C.O.R.

Roca ist ein Fels, auf dem keine Kirche steht, ein Fels in der lautlosen Brandung einer Landschaft, die nicht aufhört heranzurollen und sich einverleibt, was nicht standhaft genug ist, ein Fels auf einem Felsen, wenn man so will, aber wir wollen nicht, so nicht und auch anders nicht

Caro ist mustergültig, sieht Linien und Flächen vor, so ebenmäßig, daß es schon gleichgültig wäre, wenn es uns nicht aufregte und zu Widerspruch verleitete – das Beste, was einem nicht geschehen mag

Cora ist weiblich und ein Verhängnis, das unausweichlich in den Tod führt, aber auf vielen Umwegen, denn nichts ist so verlogen wie die Geschichte von Gewalt und Zufall, von Freiheit und Unausweichlichkeit, der sich alles beugen muß, selbst ein vermeidbares Ende

onward

watership down. eine Gegend, eine Richtung, ein Motto fürs Überleben. die Bewegung ein Hoppeln in schützendem Ried, immer die Lauscher hoch aufgerichtet. wer das Trommeln überhört, hat schon verloren. surrender ist keine Option. war es noch nie. sonst wären wir nicht aufgebrochen, sonst wären wir nicht hier, sonst kämen wir nicht weiter

onward. siempre onward. non, ne t'arrête pas. polyglott, wenn es hilft. wenn es nicht hilft, haben wir wenigstens etwas dazugelernt. immerhin. immer hin. nicht her. schon gar nicht zurück. back to the roots ist eine Falle, in die man nur zu leicht läuft. ähnlich gefährlich wie: früher war alles besser. früher ist das Heute von morgen. und wie geht's uns? eben

wer an die Quelle will, muß gegen den Strom schwimmen. auch so eine Weisheit. wir wollen nicht an die Quelle: dort liegen zehn Gebote und mehr und die Rassengesetze. vor dem einen flohen wir, das andere vertrieb uns. jetzt humpeln wir und werden immer weniger. das Gelobte Land hat man uns auch vergällt. so gehen wir, in alle Winde zerstreut

ein und aus

Lektion eins: die Mechanik des Atems durchkreuzen, sie überlisten, sie zum Stillstand bringen. wem das gelingt – und sei es nur für wenige Augenblicke –, der. oder die. oder auch das. jedenfalls vergebens. unumwunden zuzugeben, daß der Atem höchstens stockt. dann setzt er wieder ein. und wie! deshalb die Atemlosigkeit üben

Lektion zwei: die Ausweglosigkeit bestätigen. Kopfnicken nicht nötig, im Gegenteil: es könnte als Einverständnis gedeutet werden. und das soll vermieden werden, so schlecht es geht. die Unvereinbarkeit von Atem und Losigkeit. das Schweben über dem Abgrund haltlos, gefährdet, wer sich ihm entzieht wie wer sich ihm hingibt. einmal durchatmen noch, dann aber

Lektion drei: es gibt keine dritte. damit müssen wir leben

Lektion vier: outside gets inside. das sollte zu denken geben. breathing my beloved. von Mund zu Mund. ob die Kunde alle erreicht? würde das etwas ändern? zwei Menschenleben. das ist schon viel, vielleicht zu viel. wenn das Schule macht: nicht auszudenken, wer aller schweben möchte über dem Abgrund. deshalb noch einmal: breathe in and out. and out

Lektion fünf: zurück an den Anfang und wiederholen: die Mechanik des Atems durchkreuzen, sie überlisten, sie zum Stillstand bringen. alles keine Frage der Übung und auch nicht des Willens. das haben wir gelernt. nein: das hätten wir wissen können. nein: müssen. hätten. hätten. hätten fragen können: what are we going to do without. with and out

klack-klack

die Fallhöhe der Hoffnungsträger, ihre Abstürze, das Geräusch des Aufpralls, der Widerhall in den Gazetten. zu viel Schutt am Fuß unseres Jahrhunderts, jetzt schon, im Pflichtschulalter. Pflicht? wer die ihm auftrug, hatte keine Ahnung. Wissen vielleicht, aber keine Phantasie. dabei gibt es schon genug science, und die ist keineswegs fiktiv

wohin mich das führt? zu den Interpunktionen im Schweigen der Wissenden. klack-klack. das war ein Doppelpunkt: gleich kommt etwas, auf das es ankommt. gesporne Schritte zum Beispiel. oder Leichentücher, die den Krankenhäusern ausgehen. die Nachfrage ist zu groß. wonach noch? Pässen. wie passend; dabei wurde die Ausfuhr gestoppt

wie soll das weitergehen? soll es das? und wie soll das enden? dafür sorgen die Zündler und Ewigmorgigen, die Vermehrer und Wachstümler. alles geht weiter und hört deshalb auf. aber noch halten wir uns, halten wir an uns, bevor uns der Atem ausgeht und die Hand zuvor ausrutscht, die zu lang nur geballt war. klack-klack: der Absturz hält an

curriculum vitae

eine offene Kulisse, in der nichts zu sehen ist als der Fluchtpunkt, auf den alles zusteuert, ohne ihn je zu erreichen

aber da ist nichts, das sich verjüngen könnte, und niemand tritt auf, der wenig später weiter hinten verschwinden würde

wenn sich der Vorhang hebt, bleibt er exakt 4'33" offen, dann schließt er sich wieder, ohne daß etwas geschehen wäre

das Publikum hat danach zu applaudieren und den Saal zu verlassen. Zugaben gibt es keine

damals

damals, als dich ein Wort berühren konnte wie eine wärmende Hand, dir manchmal Sätze entkamen, ein Rudel fröhlich kläffender Hunde

damals, als das Licht so diffus war, daß du schärfer sahst als der Adler auf seinem Horst, und dein Ohr das Trippeln der Mäuse hörte, laut und unmißverständlich

damals, als deine Haut begann sich abzuschälen, dich deiner Grenzen entkleidete und du von dir langsam den Abschied nahmst

damals, als deine Schritte noch Spuren hinterließen, als du den Stein hinaufwälztest und er liegen blieb, ein einziges, ewiges Mal

sein und lassen

das Vergangene vergessen. das Zukünftige vergessen. auch das Gegenwärtige vergessen. und das Vergessen vergessen. einfach nur sein. kein nur. einfach sein. kein einfach. sein. das genügt. sein

lassen. nicht aus. nicht los. nicht zu (das schon gar nicht). und auch nicht sein. einfach nur lassen. nicht nur. einfach lassen. nicht einfach. lassen. das genügt. lassen

aber nicht das Sein lassen. das nicht. das Sein und das Lassen trennen. sie nicht zusammenführen. zusammenführen schon gar nicht. aber auch nicht trennen. das Sein hier und das Lassen dort. das genügt. lassen und sein. das wärs. nein: das ists. das ist es und das ist es

so

letztlich

kopflos. vielleicht auch den Kopf los. nicht gleich, aber bald. die Schlaflieder hielten nicht lange an und das Lämmchen färbte sich um. zum Zählen und Schlummern ungeeignet, eher für Schur und Schafott

schmollend im Widerstandswinkel. nicht schmollend: grollend. wieder so ein Verhörfehler. unterläuft das Protokoll, das die geschundene Hand nicht unterschreiben kann. so reichen halt drei Kreuze

welches davon das Deine sein wird, wird sich weisen. das mittlere ist schon vergeben

vergeblich, die Wolle umzufärben. du bist tätowiert bis aufs Blut

umsonst auch das Schweigen der Lämmer

eins mit dem Laut sein

dem letzten

sch ---

zitiert – allerdings mitunter falsch oder verfremdet – werden u.a.:

Richard Adams, Ilse Aichinger, Dante Alighieri, Bruno Balz, Christoph W. Bauer, Samuel Beckett, Humphrey Bogart, Ray Bradbury, Bert Brecht, Georg Büchner, Kate Bush, John Cage, René Char, E. M. Cioran, Leonard Cohen, Phil Collins, René Descartes, Günter Eich, Steven Demetre Georgiou, Johann Wolfgang von Goethe, Gebrüder Grimm, Jerry Herman, Hermann Hesse, Eric Idle, Erich Knauf, Fabricius Lautenbuch, John Lennon, Günter Loose, Karl Marx, Wilhelm Müller, Alexander Pope, Cole Porter, James Rado, Gerome Ragni, Helmut Richter, Max von Schenkendorf, William Shakespeare, Sara Teasdale, Ludwig Uhland, Georg Rudolf Weckherlin, Adelheid Wette, William Butler Yeats

Christoph Janacs

geboren 1955 in Linz/OÖ., lebt in Niederalm/Salzburg; veröffentlichte bislang zwei Romane, acht Erzählbände und zwanzig Gedichtsammlungen.

In der EDITION TANDEM sind erschienen:

2009	Die Zärtlichkeit von Stacheln, Gedichte
2010	Eulen, Kurzprosa
2011	Die Stille von Lourmarin, Gedichte
2013	mein Schatten, den ich nicht werfe, Gedichte
2014	Hokusais Pinsel, Gedichte
2016	die Vögel Jerichos, ein Poem
2018	Haufenweise Totenköpfe, mex. Geschichten
2019	im Zweistromland, Gedichte
2020	Der Seidelbast oder Corona inspirativ Geschichten, zusammen mit vier AutorInnen
2020	Spätlese, Hörbuch
2021	Unter den Himmeln Mexikos, Triptychon zusammen mit GrenzWertig (Musik), CD
2021	Ansichtskarten vom Meer Gedichte zur Lage – inkl. 5 Ansichtskarten
2022	Über Zufälle, die keine sind, Essays
2023	Zeugnistag, Erzählungen
2024	die Stille nach dem Doppelpunkt, nichtgeführte Gespräche

Christoph Janacs
Höllen und Wunder
unwirsche Texte

Titelbild: Volker Toth
Gestaltung: Volker Toth
Druck: Jelgavas tipografija, Jelgava

www.edition-tandem.at

ISBN 978-3-903516-29-8

Gefördert von Land und Stadt Salzburg,
Bundeministerium Wohnen, Kunst, Kultur, Medien und Sport